求职游戏

崔曼莉 著

重庆出版集团 重庆出版社

崔曼莉，自由作家。2002年开始创作，在文学刊物发表小说及诗歌十余万字。2003年出版《艺术的敌人》（文学批评）。2004年出版小长篇《最爱》。2008年出版长篇小说《浮沉》第一部，为年度畅销书。2009年创作长达五年的长篇小说《琉璃时代》出版，获中国作家集团长篇小说奖。2010年《浮沉》第二部出版，中国新闻出版总署推荐为最值得阅读的五十本好书之一，并持续畅销。《浮沉》销量已过百万册。2012年，出版中短篇小说集《卡卡的信仰》，其中短篇小说《杀鸭记》获金陵文学奖，中篇小说《求职游戏》获北京文学奖。

2012年，她的书法作品在德国参加国际书法大展，并获收藏。

"世相书"之"相"

"世相"，大致是指世间的形态。

"世相书"，是一个小说书系，是对世间形态的文学书写。

它的功能首先不在于为世界下定义、为生活立规则，更不在于浅薄地给世道说情、直接地给百姓评理，而是将繁复的世间万象以小说的多样视角写给世间的人们。

也就是说，"世相书"的意趣，不是以站在高处感化、规训众生为第一目的的"教育的美学"，也不是一味向内、惟精神而傲慢、视自我为世界的"表现的美学"，更不是生活场景照相式的简单摹仿的"再现的美学"。"世相书"所秉持的是立于世间的"呈现的美学"——它观照的是世上无限生动的"形"和充分流动的"态"、最丰富的表相和最细微的心声，并将它们以特有的文学手段有机地呈现在一篇篇小说作品里。如今，它们汇聚在"世相书"里，万千世相，有书为存。

每个人对世相的掌握都是以自身为圆点的，从这个圆点出发的半径也是有限的，几何的圆点就如人生的原点、感情的缘点，生发出去的一定与己相关：要寻绎与心思相合的认识，但又一定超出自身现有的体验。

延伸世相体验的半径，让更多无法亲眼得见的世相呈现于视野和心海，读"世相书"也许是最好的补偿性选择。

"世相书"尊重读者，给智者留下巨大的想象和思索空间。在人物、对话、情节、结构和故事等小说要素所组成的一个个世相片段里，我们可能一拍即合，也可能逐渐认同，还可能揣摩出无尽的言外之意，甚或不断提出异议和发现荒谬。

如果说"世相书"在"呈现的美学"之下，还是存在着价值指向的话，那么，它只能是这样的提示：对习焉不察的及身生活保持敏感体察，对浑然不觉的世间情境有所关切警觉。

世相无极。"世相书"的字句、书页之下，隐约伏藏了秩序和规律。我们尽可以从中观察、勘探、分析、判断世态人心、人情世故，找到生活肌理与人间伦理的潜隐状态。有心人仍可觉察出它们整体的省视所向。炼得慧眼者，自会为人寰观其世道；深谙文心者，自会为尘间把其脉相。

施战军

（著名评论家、《人民文学》主编）

二〇一三年元旦

苹果和张凯面对着遍地狼藉！

电脑屏幕已经碎了，那爆炸的声音当时把两个人都吓了一跳。桌上、地上、板凳上全是晶亮的碎片，整个家就像刚被强盗打劫完一样。这些碎片，不仅属于电脑，也属于他们的生活。张凯愤怒地看着苹果，吼出一个词："离婚！"

苹果当即冷笑："又没有结婚，离什么婚？"

张凯哑口无言，半晌道："那就分手。"

苹果真是恨毒了，不怒反笑，轻轻拍了一下手道："求之不得。"

"你不用和我转文，"张凯道，"要分现在就分。"说完，他冲到衣橱旁边，从上面够下苹果出差用的行李箱，然后扯开衣橱门，把自己的衬衫、外套、内衣一股脑儿地塞进箱子里。苹果见他毫无章法，行动像个孩子，可明明已经是个30岁的大男人了，不禁又可气又可笑，又为自己感到悲凉。人生最美好的年华，从22岁到30岁，居然给了这样一个人？苹果默默地走到门前，从架子上取下自己的包，抽出了一张卡。这张卡是她交电话费用的，卡里还有2000块钱。她等张凯收拾完东西，提着箱子气咻咻地走到门前，才把卡递给他。张凯不接，苹果道："你身上一分钱都没有。"

"我就是饿死也跟你无关。"

"是吗？"苹果道，"我只希望你饿死了，也不要再上我的门。"

"哎哟。"张凯一阵心寒！这是他谈了七年的女朋友说出来的话！他随手从口袋里掏出钥匙，砸在门前地上，"钥匙还你，我走出这个门就不会再回来。我是男人！我说话算话。"

"你说话算话吗？"苹果尖刻地道，"你说你找工作，你说你好好工作，你说要买房买车，你哪一句话算话了？你哪一件事情做到了？"

不等苹果再抱怨，门被拉开了，张凯像一只被猎枪指着的野狗，"嗖"地蹿了出去，然后"砰"

地关上大门，把苹果一个人留在家里。

这已经是苹果与张凯爆发的不知第几次家庭大战了。每一次家庭大战爆发后，家里的损失总是严重。但这一次与以往不同，除了杯子、碟子、书，还有一台电脑——这可是苹果咬着牙，下了几个月决心，才添置的一个大件。

6900块钱！对他们这个月收入只有4000元的小家来说，成本太高了。苹果如果不是考虑张凯要玩游戏，她根本不会买电脑。对于这台电脑，苹果又爱又恨。爱的是，她确实心疼张凯，要么用原来的旧机器，吭吭哧哧地打游戏；要么去网吧。一个年近30岁的男人，整天缩在网吧里打游戏，虽然可恨，却也令人心酸。

恨的是，苹果觉得给张凯买了电脑，就意味着她再一次降低底线。在她和张凯的感情问题上，她又向后退了一步。她已经不求这个男人事业有成，买房买车，只求他有份好工作；已经不求他有份好工作，只求他能去找工作；已经不求他去找工作，只求他能好好待在家里；不求他好好待着，只求他不要打游戏；不求他整天不打游戏，只求他不去网吧，让苹果下了夜班后回到家，还能看见一个"人"。

这种又爱又恨的心情，不仅是苹果对买电脑的看法，也是苹果对人生的困惑。她和张凯是校友。张凯比她大半岁。苹果学的是新闻，张凯学的是化学。两个人虽不在一个系，却因一次老乡聚会而相识。张凯家其实也不和苹果家在一座城市，只是他小时候在那儿生活过，闲极无聊就来参加这个聚会。没想到和苹果一见钟情，种下了孽缘。

自从苹果和张凯恋爱后，除了恋爱问题，苹果一切顺利。几年前找工作还没有现在这么困难，她由学姐介绍进了一家出版社实习，又因出版社编辑的介绍进入一家报社实习，然后留了下来。尽管报社工资不是很高，但平台不错。苹果在这里接触到这座城市各行各业的人，也时常替一些企业写写文章，或者参加发布会拿些红包。报社上班也不用起早,基本上每天中午到社里,夜里十一二点下班。苹果业务能力不错,性格也比较温顺,对待领导和同事都小心翼翼的。她深知自己和这座城市比起来,非常渺小。不要说她是一个本科生,就是硕士、博士生存也越来越艰难。她没有过硬的家庭背景,自己长得也不十分漂亮,更不是那种伶牙俐齿,能见什么人说什么话,一滴水就掀起一片风浪的人。她能有这样一份工作就很不错了,所以要老老实实、兢兢业业,甚至有点胆战心惊地工作下去。

苹果不明白,她这么踏实的一个人,怎么找了张凯这么一个不靠谱的男朋友?他总是这山望着那山高!毕业的时候去一家大公司实习,公司觉得不错,想留他,只是底薪给得低些,他觉得人家大材小用,经苹果一再规劝,忍气吞声留了一个月便辞职了。接着有朋友介绍,去一家公司当销售,干了不到几天,因为陪客户喝酒时,客户说了些难听的话，便愤而离席，从此再也没有去过那家公司。然后他说不去上班了，要创业，于是向家里人借钱，和几个同学在大学宿舍划出一块地方当办公室。折腾了小半年，几万块钱花光了，家里怨声载道，事业也没能做起来。接着他又说要考研，买了一堆材料在家复习。苹果本来觉得这也是个希望，他学化学的，能往上走一走，或者出国，或者留校，或者找个好企业做个技术管理，都相当不错。没想到复习了半年，临考试前，他居然说不考了，说现在硕士生成把抓，考研没有什么意思。那一次，苹果和他大吵了一架，两个人差点分手。

这是两个人第一次的感情危机。张凯苦劝了苹果很多天，保证自己不再好高骛远，一定脚踏实地寻找工作，苹果这才勉强回心转意。苹果有时候想，如果那次她跟张凯分手了，彻底地分了，倒不失人生一桩美事。

那个时候苹果25岁，虽不貌美，却还青春。一些大姐们，还挺热心地帮她张罗对象。又有一两个闺密，觉得张凯不踏实，劝她分了拉倒，又安排她去相亲。但苹果总归是个好女孩，不敢骑着马找马，因为跟张凯没有彻底分，她把相亲的机会一一推却了。至今为止，苹果除了张凯，还没有和第二个男孩子约会过。

张凯那段时间表现也真不错。他找了家公司，跑医药产品的销售。跑了约一年的医院。可他还是诸多抱怨，说现在做药的没有良心，卖药的更没有良心，最没有良心的，是医生给病人开药的时候。张凯在愤怒中度过了一年，苹果则充当他的垃圾桶和安慰剂。有一次张凯说，如果没有你，我是不可能妥协的。

苹果闻言一愣："你向什么妥协？"

张凯也愣了！是啊，他向什么妥协呢？他不得而知！他知道对于苹果和苹果的家人、朋友来说，他就是个混账。在现在的社会，一个男人不能挣钱养家，几乎等于十恶不赦。就算他对苹果忠诚，打心眼里爱着这个普通的女孩，他们也不会感激他。他们要的是实际效果：他一年挣多少钱、买多大的房、开什么样的车、造就什么样的生活！

那一年，苹果和张凯也有吵闹，吵闹的原因简单：苹果26岁了，到了结婚年龄。可他们拿什么结婚呢？现在有个词正流行：裸婚！即无房、无车、无钱就结了。可四年前这个词并没有出现：裸婚是不可想象的。

每当苹果和张凯商量起这个问题，张凯总是不在乎地说："好啊，想结婚明天就去。"可最后退缩的往往是苹果自己。她和同事们商量，同事的意见和朋友、家人并无区别：你为什么要嫁一个这样的人呢？这样的人对你有什么好呢？还是和他分手吧，趁着自己年轻。

苹果的妈妈，一直以为苹果和张凯大闹过后就分手了。她除了通过电话催逼苹果尽快找人之外，就是通过各种渠道、各种关系托人给苹果介绍对象。除了一两个闺密可以诉苦，苹果别无他法。可闺密们最后也厌烦了她的倾诉，因为她的倾诉并无解决之良策：要分也分不开，要结也结不了，这是干吗呢？

于是，日子一天一天消耗下去了。张凯再一次辞职，再一次找工作，再一次失业——渐渐地苹果的闺密们开始催着苹果赶紧与张凯结婚。熟悉苹果感情心路的同事们也催着苹果赶紧结婚。苹果的妈妈除了变本加厉地催逼之外，也开始怀疑苹果和张凯藕断丝连。有一次苹果妈妈小心翼翼地道："如果你还要喜欢那个人，你结婚我们也不反对。"这种一边倒的口风，让苹果觉得悲哀。时光太快了，苹果已经29岁了，再有一年，她就30岁了。可她两手空空一无所有。这些年来，她一个人负担两个人的费用，虽积攒了一点小钱，用这些钱买一辆小车还能勉强，买房就想都不要想了。如果她和张凯结婚，再生下一个孩子，难道要她一个人负担一个家、三口人的全部费用吗？苹果想都不敢想啊！结婚是不能了，那就赶紧分吧，可这时候连劝她分的人都没有了。29岁的大龄剩女，容貌一般、无房无车，不好兜售啊。

那些劝她分的人开始把她往爱情的路上引，什么很多家庭都是这样啊，女主外，男主内；什么你们从大学到现在谈了七八年，真是很不容易啊；什么感情和实际利益能得一样就不错了啊——苹果奇怪，这些话他们为什么早不说，到现在才来说？而且，女主外、男主内，说起来是不错，可苹果根本做不了女强人。干媒体这么多年了，她还是有些腼腆，虽然有时候说话也风风火火，写起稿子来也算流畅痛快。可真要她离开这个报社，去赚一笔什么样的钱，她一点方向都没有。

苹果很困惑，她不知道成功的人是如何生活的，怎么能爱情事业两得意呢？或者怎么能二者得意其一呢？像她这样双失败的人，可能真的不多吧。苹果越加抑郁，眼角两边长出不少黄褐色斑点，由于常年熬夜，她的眼睛总是很疲劳，下面挂着巨大的眼袋。以前跟报社的同事们出去吃饭，或者见一些客户，还有人称她几声美女，开她几声玩笑，现在见到她，都是恭恭敬敬地喊她老师了。

青春一去不复返，苹果为了遮盖眼袋，也为了眼睛舒服，索性配了一副黑框眼镜，就这么戴着。苹果觉得自己对生活的放弃越来越多，这不仅是个穿衣打扮的问题，也不仅是张凯的问题，这是一个人生议题！对于她来说，一切都太复杂了，她不知如何搞定，更不知如何发问与解答。

苹果真的没想到，这个困扰了七年的问题，会以这样的方式解决。她无数次想过自己和张凯分手以后，应该是什么样子，可她万万没有想到，居然如此平静，甚至如此解脱。她第一件事情就是拿起扫帚，开始打扫卫生。她把家里每一个角落都清理

· 11 ·

了一遍，除了电脑，还有碎片、纸屑……和张凯所有有关的东西都被她装在一个箱子里，放在墙角。她栖栖惶惶过了这么多年：担惊受怕，犹豫惶恐，如今虽然没了男人，可她至少可以一个人轻松自在地过日子了。原来没有这个人，她的生活里就没有了负担。

　　张凯离开了和苹果住过五年的小屋，提着一个箱子。此时已是初秋，风吹到身上有了一些凉意，大约走了半个小时，张凯有些清醒了：他能去哪儿啊？他要去哪儿啊？总得有个落脚的地方吧！但说一千道一万，他不会再回他和苹果的家了。

　　这样也好吧，张凯觉得这真的是一种解脱，自己拖累她这么些年了，又没有工作又没有钱，何必这样耗下去？他在街边停下来，掏出皮夹翻了翻，口袋里还有280块钱和一张可以透支5000块的信用卡，这是他现在全部的家当。

　　他拿出手机，开始给几个哥们儿打电话，其中有两个是大学时候的同学，都已经成家立业了。张凯一说明原因，他们都委婉地表示这两天很忙，恐怕没有办法接待他。其他的有的在出差，有的正在开会，话说一半，就把张凯的电话给挂了。张凯迫于无奈，想起一个和自己在网络上打游戏打得很默契的朋友，也是为了打游戏方便，两个人才互留了手机号码。张凯厚着脸皮给他打过去。对方问清楚他是谁后显得很高兴："哥们儿，约我打游戏啊？我这两天正出差，忙得要死，顾不上呢。"

　　"非也非也，"张凯不敢再说自己的近况，含糊地道，"为打游戏和老婆吵翻了，老婆把电脑砸了，把我赶了出来，心里郁闷，找你聊聊。"

　　"哎，"那人哈哈笑了，"我当是什么大事，这事我也遇到过，没事，她气几天也就消了。哥们儿，你在哪儿快活呢？酒吧还是茶馆？"

　　"我哪儿都没在，"张凯把心一横，索性道，

"我出来的时候走得急，就带了几件衣服，身上就两百块现金。但是我也不想向她低头，没有办法了，才给你打电话。"

对方并没有像那些熟人、朋友，立刻找理由推掉他，而是爽快地大笑起来："身上没钱，还想给老婆下马威，你也是个气管炎啊。这样吧，稍微等一等，我来帮你想想办法，你把手机开着就行。"

说完，对方挂了电话。张凯猜不出他说的是假话还是真话，是搪塞自己还是真心帮自己。不料五分钟以后，这哥们儿真的打电话过来，他告诉张凯，他的一个大哥，也就是他刚入行的时候跟过的一个人，现在住在北京某高档小区里，因为房子太大，他一直想找一个人和自己同住。他介绍张凯先去住几天，一切等他出差回来再说。他告诉张凯，这位大哥姓邓，叫邓朝辉，是家广告公司的创意总监。接着，他把邓朝辉的家庭住址和手机号码用短信的形式发给了张凯。张凯一看，住得还挺远，便辗转乘了地铁与公交，来到他说的那个区域。这一带一看便是富人区啊，房子都不太高，房与房的间距极为宽阔，花草树木郁郁葱葱，完全不像在北京。

张凯刚走到小区门口就被保安拦住了。保安问他找谁？他说了门牌号和名字，保安便在小区外按门铃，没有人应答。保安说家里没人，不能让他进。张凯便开始给邓朝辉打电话，电话没有人接。张凯无奈，只能站在小区外面候着。一些人从小区大门中进进出出，张凯冷眼旁观着，不禁有些奇怪：他们是如何住进这样的小区的呢？

大约半小时后，邓朝辉回了电话。他告诉张凯，他正在附近喝咖啡，让张凯到咖啡店去找他。张凯向保安问了路，提着行李慢慢朝咖啡店走去。

他没走多远，找到了那家咖啡店。小姐把他带到一个包间，他推开门，见一个穿着银灰色西服，打着灰蓝色领带的男人坐在里面。他的对面坐着四个人，这四个人衣着休闲也就罢了，但其中一人张

求职游戏

凯颇为面熟，他觉得如果自己没有猜错，那人应该是个电影明星。他不知道哪一位是邓朝辉，只觉那个穿银灰色西服的男人举止有派，看起来颇为不俗。那人一见他便笑了："你小子，这几天忙翻了吧？忙成这个样子就出差回来了？快，坐。"说完，他指着旁边的座位让张凯落座。张凯坐下来觉得有一些不安，张嘴道："我是王……"

不等他说完，那穿银灰色西服的人挥了挥手："小王都给我说了，你们是好哥们儿。来，我给你介绍几位好朋友。"说着，他把那几个人向张凯作了一番介绍，说起那个电影明星的时候，也就轻描淡写地带了一句，这是谁谁谁。接着他介绍起了张凯，这番介绍可把张凯吓了一跳："这是我的一个小兄弟的兄弟，目前是一家高科技公司的CEO，别看他穿得普通，家财万贯啊。"话音一落，张凯便觉得那几个人看自己的眼光明显有了不同，他又不好分辩又不好纠正，只得微笑着点了点头。那穿银灰色西服的人叫来服务员，问张凯要喝什么？张凯说："咖啡。"穿银灰色西服的人微微一笑："我就知道你最爱喝蓝山，可这里的蓝山味道不好，怎么样？来一杯苦咖啡提提神？"

张凯心想，我他妈什么蓝山、拿铁都喝不出味道，苦咖啡就苦咖啡，他点了点头。服务员不一会儿就送来了咖啡。他坐在温暖的包间里，喝着咖啡，看着那个电影明星恭恭敬敬地听着那个银灰色西服大放厥词，什么品牌、什么营销。听着听着，张凯也来了兴趣，他忽然觉得和苹果吵架，离家出走是正确的，这才是他想要的生活。他竖着耳朵，喝着咖啡，听着那个男人的演讲，听到兴奋处不时地还插进去讨教几句。如此一来，包间里的气氛更加热烈了。不一会儿便到了晚饭时间，那几个人说晚上还有事情，改日再来讨教。接着又问那穿银灰色西服的人，让这位明星接拍广告到底行还是不行？那穿银灰色西服的人微微一笑道："行与不行还不是看我怎么包装吗？我说他行他就行。"众人便又是一顿寒暄，这才告辞而去。

他们走后，只剩下张凯和穿银灰色西服两个人，那人坐下来，向后一仰，打量着张凯，神情和刚才判若两人。张凯也知道自己装模作样的时候结束了，便笑了笑道："你就是王强的大哥邓先生吧？我叫张凯。"说完，他毕恭毕敬地伸出一只手："刚才听您谈的这些话，感觉很受用。"

邓先生也伸出手，和张凯用力地一握："我叫邓朝辉，你叫我老邓就可以了。怎么？被老婆赶出来了？"

张凯点点头。

"没事，"邓朝辉微微一笑，"先在我那儿待几天，手机别开，你也别联络她，她自然就服软了。"

张凯哪敢说自己是有来无回，只是忙着点头。老邓为人挺大方，又喊进服务员，叫了两份饭，二人吃过了，这才回了家。邓朝辉的家确实很大，不是一般的大，是大得有点惊人，他一个人住着一栋400平方米的房子，有雪茄室、影音室，还有一间超大的书房。他带着张凯一间一间地参观，然后把自己一些心爱的小物品拿给张凯把玩，一个烟斗啊、一个纪念物啊。聊着聊着，他问张凯："你们公司是做什么的？"

张凯一愣，随口道："游戏。"

邓朝辉点点头："游戏是好生意啊，就是有点缺德。"

张凯一愣："为什么？"

"多少人打游戏打得玩物丧志，老婆孩子都不管了，事业也不要了。"他摇了摇头，长叹一声，"这是祸国殃民的东西啊。"

张凯听了这话，脸微微一红。他不禁有些惊讶，这老邓怎么还有点忧国忧民的味道？他忽然想起，自己曾经告诉过王强，自己在一家科技公司任职，王强当时问他什么职位？他随口说了一句

CEO。这邓朝辉如此款待他，估计是把他当成了一个人物吧？张凯也不说破。而且他很喜欢和邓朝辉聊天，觉得这个人知识渊博、见识不凡，很有一种味道。邓朝辉显然是个不能寂寞的人，对着张凯滔滔不绝地说了自己的见闻，不仅是对游戏行业的想法，还谈及了他在这行业认识的人，似乎在社会上很有人脉。

这两个人一个愿意说，一个愿意听，聊着聊着，居然很投机。邓朝辉又开了一瓶酒，跟张凯喝了好几杯，这才安排张凯休息。张凯住在楼下的一间客房，客房布置得很是舒服，床超大，张凯觉得睡他一个人太浪费了，睡他和苹果两个人也浪费，至少应该睡四个人。

他躺在床上，盖着柔软的真丝被，望着天花板。朦朦胧胧中，那巨大的水晶吊灯在昏暗的光线下看起来，像一个奇怪的物品。这和今天下午他窝在和苹果的小家里，打着游戏的生活简直是两个世界。不知道苹果过得怎么样了，她是否会生气？还是觉得自己走了好？最好一了百了，再也不要回去见她。张凯心里有些难过，要说这世界上谁对他最好，大概也就是苹果了吧。默默地跟了自己七年，她到底图什么呢？他也不觉自己很帅，钱肯定也没有。想到这，张凯长叹一声，苹果是真心爱他，可真爱又怎么样呢？人总要想办法过生活，看到这个家里的一切，张凯觉得自己久违的欲望与野心又悄悄地在心里萌芽。如果他能给苹果买这样的房子，让苹果睡在这样的床上，不要说苹果，就是梨子、香蕉、水蜜桃都会觉得很愉快吧。

他得想办法讨好这个老邓，和老邓交朋友，他得学习学习，这邓朝辉是如何一步一步走向成功的？

张凯下了这个决心，也不去管苹果到底会如何了。他没带手机充电器，第二天早上手机没电了，他索性把手机装进箱子。邓朝辉白天很忙，晚上回来比较空。这个人像个话痨，说起话来就停不住，加上张凯是个好听众，他对邓朝辉所说的一切内容都充满了兴趣。而且还针对他所述的内容不断领悟与思考，听到高兴处不免抓耳挠腮，还不时发问。有一次邓朝辉感慨道，说他见了张凯，总算知道，菩提祖师为何要传授孙悟空七十二般变化和一身武艺。张凯乐了："你是说我长得像猴子？"

邓朝辉摇摇头："敏而好学，太难得了。"

张凯望着他，还是没有明白。

邓朝辉道："你如此地热爱学习，这是件好事。毛主席说，谦虚使人进步，你是我见过最谦虚的人，而且学习东西领悟能力特别强，你将来有没有成就我不敢说，过得比一般人强是没有问题的。"

"是吗？"张凯又惊又喜，"可大家都说我没有用，尤其是我老婆。"

邓朝辉笑了："女人的话，你不能信，女人通常不愿意做大事，担大的风险，她们只要男人孩子热炕头的生活。"

听了这话，张凯宛如遇到了知音，频频点头。不料，邓朝辉长叹一声："但是女人的话又不能不听，凡是不听女人话的男人事业都做不大。"

张凯闻言有些困惑："照你这个意思，又不能听女人的话，又要听女人的话，这如何平衡呢？"

"这就是一种平衡，"邓朝辉道，"因为女人比较踏实，她要的是一个家庭，所以她的话通常都没有风险。你若全听，你必不能成大事，可你要一样都不听，你必不顺利。所以我老说，如何去听女人说话是一门学问，也是一门艺术，对一个男人一生都至关重要。"

"精辟、精辟！"张凯深以为然，不禁连拍大腿。他为什么到30岁还混不出来？就是因为一直听着苹果的话，要安稳，要稳定，不能冒险。可他为什么到现在还一文不名，还把苹果弄丢了？就是因为他打心眼里从来没有听过苹果的话，如果不是因为他爱苹果，他觉得苹果的话基本等于放屁，毫无意义可言。

求职游戏

这两个人每晚引经据典，喝酒谈天，加上邓朝辉家大业大，不在乎家里多出一个客人，张凯这一住居然住了整整一个星期。一周之后，那个打游戏的哥们儿王强回来了，邓朝辉说要感谢王强给他介绍了一个很好的小兄弟，便请二人吃了一顿火锅。饭桌上三个人把酒言欢，全然忘记了张凯来邓朝辉这儿是临时落脚，王强也没顾上问，这张凯到底要住到什么时候？他第二天还要出差，酒至半酣便告辞走了。于是张凯便又在邓朝辉家住了下去。但他心里知道这不是长久之计，权宜之中，他得想办法。于是他借用邓朝辉的电脑，开始整理自己的简历，并且开始在网上寻找工作。但是，凭借一份大学本科的教育背景，凭借整整七年似有若无的工作经历，张凯觉得自己要去找工作，难如登天。邓朝辉虽然人脉广泛，但他做的行业和自己是两回事，他现在如此善待自己，不过还是把自己当成一个混得不错的人。他要是知道自己身无分文，迫于无奈才在此处寄住，没准就一脚把自己踢出门了。

欲求助又不敢求助，张凯觉得如何向邓朝辉开这个口，实在是一件困难的事。另一方面，他因为没有手机，也无法和苹果联络，他登录MSN和QQ，几次见苹果在线，想给苹果搭话，问她过得怎么样，可又不知道怎么开口。终于有一天他忍不住给苹果发了一个笑脸，可苹果回都没回。这让张凯有些心寒，他想，把我赶出家门的是你，让我流落街头的也是你，就算我们真的分手了，看在相处七年的分上，你也应该问我一句过得好不好。难道真的想让我流落街头，生死不明吗？看来女人翻脸真的比翻书还快，女人下狠心的话，真的是九头牛也拉不回来。张凯心寒至此，便也顾不得苹果了。他没有电话可以和外界联络，唯一可借助的就是网络，他在网上疯狂地投递简历，但都石沉大海毫无音讯。除了晚上能和邓朝辉聊天，这白天的日子实在难熬，电视剧也没有什么好看的。张凯一时烦闷，便忍不住下了一个游戏，这有一就有二，他又下了一个游戏，又过上了游戏生涯。

游戏确实可以让人忘却现实，进入另一个时空。邓朝辉发现张凯这两天有一些变化，晚上听他聊天也有些心不在焉。等他说一句都睡吧，他便坐在电脑旁。开始邓朝辉以为他有事情，后来才发现他的电脑上多了网络游戏。第二天晚上吃晚饭的时候，他问张凯："你在我的电脑上下载游戏了？"

"对。"张凯有些心虚，点了点头。

"工作需要吗？"

"对。"张凯又点了点头。

邓朝辉没有说话，只是无奈地摇摇头。张凯觉得气氛有些不对，想开口说出实情，又实在下不了决心。正恍惚间，邓朝辉问："你老婆没有跟你联系吗？"

张凯吓了一跳："没，没有。"

"我看你天天也不用手机，是不是她找不着你？"

"我在网上和她联系了，"张凯道，"可她不理我。"

"女人就是这样，"邓朝辉道，"我看你是太伤她的心了，再耗她几天，也可以给她发封邮件。"

"发邮件，说什么？"张凯问。

"什么都不说，就说天气冷了，让她注意身体，看看她的反应。"

张凯点点头。

邓朝辉突然又问："你们公司叫什么名字？"

"啊？"张凯不知如何回答，看着邓朝辉，他端着一杯咖啡，陷在宽大的沙发里，一双眼睛似笑非笑，好像看透了自己，又好像洞悉了全部真相。

张凯把心一横："老邓，我没有公司。"

邓朝辉点点头："这话我信，我没见过哪个公司的人，像你这么清闲。"

"我也没有工作。"

"这个我也信。"

张凯结结巴巴地道："但是，但是我在找工作。"

"你找了多久？"

"我，"张凯脸上很挂不住，但还是说了实情，"好几年了。"

邓朝辉似乎一点也不意外，只点点头道："你好歹也是大学本科的毕业生，为什么混成这样？"

"我也不知道。"张凯道，"自从我大学毕业以后，一直过得不顺。我老婆说是我的问题，我觉得是她的问题。她又说是社会的问题，那我就不知道这问题到底是什么问题。"

邓朝辉摆摆手："我听不懂你说的问题，你要找工作，就去找，你想上班就好好上班，有什么狗屁问题？"

"问题是我不想上一个那样的班。"张凯道，"像我老婆那样，大学毕业以后找了一份工作，一干就是七年，干到现在怎么样？也就是一个普通的小记者。我觉得她过于要求稳定。"

"那你想怎么样？"邓朝辉问。

"我觉得，我能做一些比较好的工作。"

"人人都想做好工作。"邓朝辉冷笑一声，"凭什么别人不做让给你啊？"

"邓哥，"张凯道，"我不瞒你说，我觉得和你打交道，很舒服，你说的这些话，谈到的这些经验，我都很喜欢，我觉得如果我跟着你做事，你交给我的工作，我都能完成。可是你知道，我们现在去找工作，大公司要的都是海归或者名校的博士、硕士；一些小公司，我确实不愿意去，我这人骨子里有点清高。别看我落魄，可是你也看到，我早晨起来，那床是叠得整整齐齐。跟你说话，我也是有礼有节。我这人吧……"

"你这人吧，就是有点小清高。"邓朝辉冷笑道，"还有点小资情结。像你这样的人，"他伸手一指张凯，"能文不能武，能上不能下，也就配在大公司里混一混，顶了天了。"

张凯没料到，邓朝辉会这么说，不由得一愣，他想反驳，又没敢，张了张嘴，没发出声音。

邓朝辉道："怎么？不敢说话了？怕反驳我被我赶出这个门？流落街头的滋味可不好受啊。"

张凯脸红了，想不出应该做出什么表情，干笑了一声。

邓朝辉道："你这个人很聪明，也很好学，脾气也还不错，其实比较适合找个靠谱的工作，老老实实去干。我估计你老婆和你说不到一块儿去，是她老把一些不怎么样的工作当成一个好工作。你呢，又找不到一个切实的好工作，所以你们两个之间才出现这么大的问题。"

"对对对，"张凯连声喊"对"，但是他又心有不甘，"邓哥，你觉得我真的不能创业吗？"

"创业？"邓朝辉笑了，漫不经心地打量着张凯，"一个能创业的人，不会在家里窝上几年。就算摆地摊也摆成龙了，这条路，你就死了心吧。"

张凯不禁一阵颓丧，他摸了摸脑袋："照你这么说，我岂不是个废物？"

"话不能这么讲，有些人在顺境里面就能够把事情做得很好；有些人吧，在逆境里面，他也能吃苦耐劳。你说的那种做大事的人，又能上又能下，又能顺，又能逆，全北京有几个？大部分人，要么好环境里待一待，要么差环境里耐一耐，你还想怎么样？你在我这儿白吃白住这么长时间了，不是也没有想到好办法？"

"邓哥，"张凯的脸更红了，"你是什么时候看出来的？"

"我早就看出来了，"邓朝辉道，"第一次见面的时候，你穿的戴的拎的箱子全是便宜货。我那天那么介绍你，不是信了王强的鬼话，那天在场的几个人都是势利眼，如果我不那么介绍你，他们连我也会看不起。"

张凯心里一阵感动："这么多天了，你也没有戳穿我。"

"我戳穿你干什么？人都有落难的时候。再说，你我有缘，要不然王强也不会把你介绍给我。只要你将来发达的那一天，不把我忘了就行了。"

"怎么会？"张凯连声道，"邓哥，你太小看我了，我不会忘记你的。"

邓朝辉冷笑一声："我还真有点小看你。说说你跟你老婆的故事吧。"

张凯不明白，邓朝辉说真有点小看他是什么意思。难道自己发达了真的会忘记邓朝辉？张凯不相信自己是这么冷漠的人。他觉得自己在这样的时候，邓朝辉还愿意帮他，真的是人间冷暖，其味自知。于是悉数说了和苹果的故事。当他说起苹果砸电脑、把他赶出家门的时候，邓朝辉连连点头："砸得好，赶得好！"当他说起苹果临出门前把一张卡给他的时候，邓朝辉的表情停滞了几秒，似乎流露出不忍的神色，过了半晌，才道："你小子有福，遇到一个好女人。"

张凯听了这话，不禁有些得意，但嘴上却不认输："她好什么好？不都把我赶出来了？"

"你放屁！"邓朝辉道，"你不要得了便宜还卖乖，人家姑娘跟了你七年，万不得已把你赶出家门，临走还要给你一张卡，还要怎么样？你这老婆不是个傻妞，就是个老老实实、本本分分的孩子，你不要辜负了人家。"

张凯见邓朝辉脸上流露的神色非常复杂，似乎有一段难言的往事，他抓住这个机会，连声道："邓哥，那你说我现在怎么办？要不这样，我跟着你到广告界去混吧，你也说我聪明好学，我一定能学得出来。"

"你？"邓朝辉看了他一眼，"你不合适。"

"为什么？"

"你这个人缺少创意又缺少吃苦耐劳的精神，我们广告界没有那样的大锅饭让你吃。而且这个圈子，也比较复杂，讲的都是游戏精神，你这个人不行。"

"那你说我怎么办？你也说与我有缘，又这样收留了我，总得给兄弟指条明路吧？"

"你不是在找工作吗？找得怎么样了？"

张凯一愣："你是怎么知道的？"

"你天天用我的电脑，去过哪些地方，我都很清楚。"邓朝辉笑了笑，"有什么下文吗？"

张凯垂头丧气："什么下文都没有，我不瞒你说，我都退而求其次，都次到最后了，连那种小公司的破销售都去应聘了，一点回音都没有。"

"去小公司？"邓朝辉笑了，"谁要你啊？人家都要那种大学刚毕业的便宜货，最好试用不到三个月就滚蛋，钱花得又少，又没有什么劳保。像你这样的30岁的男人去了，一没有工作经验，二要价又不低，谁敢用你？"

张凯没有说话，半晌道："那照你这样说，我不是没有出路了吗？"

"话不能这么说，"邓朝辉慢慢地道，"那也要看是什么人在指点你。"

张凯眼睛一亮："邓哥，如果你能帮我找到一份好工作，我就太感激你了。"

"这样吧，"邓朝辉道，"你先把你的简历整理出来，然后你到网上找你想干的工作。你记住，不用管那个工作你够得上还是够不上，只管把你想干的都列出来。"

"什么工作都行吗？"张凯问。

"什么工作都行，但你也稍微悠着点，你想当微软的总裁，就是打死我，我也没有办法。"

"行。"张凯道，"那我就这么办。"

"你先办一件事，"邓朝辉的语气严厉起来，"给我把电脑里的游戏删掉！"

"哎、哎。"张凯讪讪地道。

"《易经》第一段说，天行健，君子以自强不息。你要是不帮你自己，我就是帮你也没用。我觉得你这个人这么多年不顺，一直在劫道上，你遇到我是你的一个机会，如果你能好好把握，就是六十道顺境的轮回，"邓朝辉把玩着手里的咖啡杯，流露出高深莫测的神色，"如果你不好好把握，再一个甲子不顺，就是整整六十年啊，我看你这辈子都没指望了。"

张凯打了一个冷战，他觉得邓朝辉这话还真有道理："邓哥，我删，我一会儿就删，我这辈子再也不玩游戏了。"

"再也不玩游戏，你是做不到的。不过，只要你上了正轨，你就不会沉迷其中了。"

"是啊，是啊，"张凯赶紧点头，"其实我也是借酒消愁啊。"

邓朝辉冷冷一笑，没有说话。张凯深信邓朝辉关于顺境和逆境的话，他觉得自己一直不顺，真的有点倒霉，而苹果赶他出家门，他又遇到邓朝辉，却是像人生的奇遇。如果这世界上真的有上帝，邓朝辉就像是他的天使。老天爷在他如此落魄的时候，给了他这样一个朋友，他再不知道珍惜，就真的是自寻死路了。

当天晚上，张凯就删了游戏。他不知如何修改自己的简历，就直接发到邓朝辉的邮箱。可有了邓朝辉的话垫底，他大起胆，在网上挑起了工作。好工作不是没有，是太多了，关键是，他以前想都不敢想，看都不敢看，更不要说去找了。

张凯对着电脑想入非非。当个总裁最好，可太那个了，除非哪家公司脑子坏掉了，否则怎么也不可能请他当一把手吧，还是稍微实际一点。市场总监不行，他没干过市场；财务总监也不行，他没学过财务；产品总监估计要管产品设计，他根本不懂。看来看去，也只有销售总监最合适。卖什么不是卖啊。看看这些要求：有良好的沟通能力、五到十年工作经验、英语良好、吃苦耐劳、带领团队。

沟通能力他还行吧。五到十年，有工作没工作，时间是够了。英语马马虎虎，谁天天说English？吃苦谁不吃苦呀，都吃苦。只有团队他没带过，可当年上大学的时候，哪个哥们儿不听他招呼？要是能在大公司当个销售总监，年薪怎么也得过百万吧！那样的话，苹果还敢瞧不起他？还有她的那些同事、闺密，还有苹果她妈，肯定都对他刮目相看！

张凯把销售总监的职位存了下来。然后又看到某杂志社招主编。主编他没干过，但他一向认为，只要是个人就能搞文学。想当初，他一个化学系学生，写的爱情小说照样在BBS上有超高点击率。没有这两手，他也骗不到苹果，把这位文艺女青年迷得昏天黑地。可这杂志社主编要10年以上编辑经验，还要什么硕士文凭，懂得出版与发行。但张凯没管这些，把这个主编职位存了。还有一个是某大酒店的公关部经理，虽然张凯没做过公关，但他一向认为，他的公关能力是过硬的。虽然谈不上见人

说人话，见鬼说鬼话，可真让他硬着头皮去说话，他还是有勇气的。苹果那帮报社同事，虽然知道他没工作，但每次和他们出去玩，都被他逗得哈哈大笑。要不是他不挣钱，这帮人也说不出他什么。张凯不着边际地发着高职梦，自己都觉得自己的荒唐：这哪儿跟哪儿啊！这些职位如果他去投简历，肯定第一轮就被刷下来了。夜已深，他也困了，睡吧，明天还要早起，得多多少少让老邓看到状态。

　　第二天一早，张凯就爬起来了，象征性地在楼下花园跑了几圈，颇有闻鸡起舞的架势。等他回到家，钟点工已做好了早餐，邓朝辉看了他一眼："早啊。"

　　"早！"张凯响亮地回答，"邓哥。"

　　邓朝辉聊了几句新闻，吃罢饭便上班去了。张凯无事可做，但他答应了邓朝辉不再打游戏，便在网上东游西逛。忽然他想到邓朝辉会检查上网记录，便把所有求职网站都打开来，把无聊的网页都关掉。可这些网站他昨天夜里都逛遍了，现在看也没有什么更新。他百无聊赖，只好对着窗户发呆。窗外秋意正浓，有几棵不知名的树已经渐渐地黄了叶子。张凯的心一软。他忽然想起刚认识苹果的时候，她剪着一个童花头，穿着白衬衫，皮肤光洁紧实，多有文艺女青年的范儿啊！而如今，她的头发随便扎在脑后，戴着副黑框眼镜，双颊上布满斑点。文艺还文艺，只是从女青年成了女中年。这两副模样，中间好像只隔了一眨眼的工夫。苹果就不再是昨天的苹果了。

张凯不禁有些心酸！天地良心！他是真爱苹果的，也想跟她结婚，生一个孩子，成全她对一个家的梦想。她老了有什么打紧，就算她变成文艺老年，他也爱她。他这辈子，除了对初恋女友发过情，只爱苹果一个女人。再说苹果有什么不好，苦苦地跟着他过到今天。谁叫世道艰难呢？谁叫他没本事呢？谁叫他家里没钱呢？

他有点想上网看看苹果，可一想到她赶他出门的狠劲，他就有点怨她。可怨归怨，要说苹果对他有二心，他也确实不信。他怨她是因为，如果此事倒过来，苹果无事可干，在家待七年，不要说七年，就是七十年，他也没意见。他绝对会养她一辈子。如今颠倒一下怎么就不行了？怎么就搞成他是一个无耻、无能、彻底浑蛋的浑蛋了呢？

可见女权都是假的。平等只是为了让男人更低等。男人养女人，还是天经地义啊！张凯胡思乱想、东磨西蹭地过了一天。晚上邓朝辉没有回来，他一个人吃罢晚饭，坐在客厅看电视。过了十点，邓朝辉没回来，十二点，还是没回来。张凯想睡又有点不甘心，便靠在沙发上打盹。不知道几点钟，好像天都快亮了，邓朝辉回来了。他一边换鞋脱衣服，一边甩给他一句话："你简历不行，得改。"

张凯一下子睡意全无："邓哥，怎么改？"

邓朝辉看着他："说话懂不懂？"

张凯摸不着头脑："说话？我当然懂了，这和改简历有什么关系？"

"把好的说成不好的，把不好的说成好的，这就是说话的艺术。"邓朝辉去酒柜拿酒，叮叮当当的，一面道，"你小子，一点不开窍啊！"

张凯张着嘴，还是不明白："邓哥，我不懂啊。"

邓朝辉看着他："我问你，你女朋友长得漂亮不漂亮？"

"一般吧。"张凯道。

"个儿高吗？"

"高。"

"多大年龄？"

"29。"

"那我要问你，你女朋友怎么样，你怎么介绍？"

"29岁，高个儿，长得还行。"张凯道。

邓朝辉鄙夷地看了他一眼："如果现在要你向一个时尚杂志主编，推荐你的女朋友，你怎么说？"

"时尚杂志？"张凯有点发蒙，"我得说她个儿高，身材好，虽然长得一般，但是有个性啊。"

邓朝辉点点头："那年龄呢？"

"年龄确实大了点。"张凯这下没词了。

邓朝辉微微摇头："如果我是你，我会告诉这个主编，如果你们想找一个常规的、漂亮的模特儿，你就不要来找我。但你想找一个非常具有独特气质的，在这个时代既能够平易近人，但是又能够代表一种突出时代个性的模特儿，那你的女朋友很合适。她个子很高，身材很好，长得却不漂亮，最关键的就是她的年龄，一个29岁的女孩，登上时尚杂志的一组时装大片的模特儿，她是什么？她就像今天的平价服装，要穿出大牌的感觉一样。一个平民的姑娘，要借你们时装杂志之手，打造成模特儿和天后。这就是这个时代最有代表性的东西。这就像一块人民币和一万美金的差别。它们的价值，不在乎谁更多，而在于谁来用。如果用得好，一块人

求职游戏

民币会比一万美金更超值！"

"牛×啊！"张凯一拍大腿，顿时精神百倍，"邓哥，你太了不起了！"

邓朝辉道："如果你现在向一个外企总裁推荐你的女朋友，你怎么推？"

张凯这才明白过来，邓朝辉是在教自己。他仔细想了想，然后道："如果你们想招一个从大学毕业以后就在外企的从业人员，英语流利，熟悉外企的办公流程和……"

"和什么呢？"

张凯想了想道："和各种规矩吧，那她肯定不合适。但是你们想招一个在媒体行业工作多年，熟悉媒体所有工作流程的人，而且文笔优秀，作风踏实，同时又希望借助外企这个平台更上一层楼的人，她很合适。最关键的，她进了外企，就算外企的新人，可她又有别的行业的工作经验，那是什么？"张凯说着说着，不免扬扬自得起来。他就是聪明，学东西就是一个快，"外企职场老油条的经验她没有，她是新人，可是别的行业经验她又能带进来，这不是一举两得的事吗？"

邓朝辉点头笑了："你今天找了几个想干的工作？"

"三个。"

"都是什么？"

"销售总监、主编、公关部总监。"

邓朝辉点点头："那你根据你的职位去改你的简历。"

"好的，邓哥。"张凯像在夜海中航行的人突然发现了灯塔，只觉得脑海中电光石火一闪，马上明白了自己为什么不会改简历，为什么找工作一直不顺。原来这做事就和练武功一样，也需要高手指点，也需要打通任督二脉。可打通，也就是一刹那的事。

这一天晚上，张凯彻夜不眠。他按照邓朝辉向时尚杂志推荐苹果的那套思路修改自己的简历。一个职位，就是一个有针对性的简历。针对销售总监的，他就重点谈自己的几个不怎么样的工作经历中，很怎么样的"销售经验"。说白了，就是把缺点说成优，把优点说成更优。针对杂志社主编的，他就谈在以往的工作中，有哪些东西是和主编的要素相关联的，比如组织能力、文笔等。针对公关经理的，他就重点谈以往工作经历中，和人打交道的能力、开拓市场的能力、化解危机的能力。

　　看上去只是简历小小的修改，却花了张凯通宵的时间。因为他并不太了解，这些职位具体的需求，所以，每改一个简历，他都要花大量的时间，在网上搜寻销售总监、杂志主编、公关经理这三个职位，到底需要哪些条件，甚至他还看了很多这方面优秀人才在网上的介绍，个人博客和一些采访文章。

　　这种拨云见月式的修改简历方法，对张凯来说，就像一个奇迹。他忽然发现，他真的可以在这些工作中努力。只不过以前他不敢想，也不知道如何去想。

天亮的时候，张凯毫无困意，像打了鸡血一样兴奋。他照旧锻炼身体，陪邓朝辉吃早餐，邓朝辉照样不疼不痒地说些官话。邓朝辉上班之后，张凯害怕简历改得不够好，又在网上查找资料，仔细琢磨，连一个字都要换来换去，想上老半天。傍晚，张凯把自己认为没法再改的简历打印了出来，忐忑不安地等着邓朝辉。晚上八点半，邓朝辉回来了。他刚打开门，张凯立马跳将起来，为他拿上拖鞋、接外套，然后跑去开酒柜，倒好半杯红酒，递到他的手上。邓朝辉喝了一口酒，坐倒在沙发上："简历改好啦？"

"改好了。"张凯毕恭毕敬地递上简历。

邓朝辉仔细地翻看了一遍。然后，他慢慢地放下简历，看着张凯："你很聪明，这一点我没看错。不过，你选的这三个职位有点高，可以调整一下。找三个这种方向的好公司，三个稍低的职位。

再写一遍简历。"

张凯有些失望："可是，可是——"

"可是什么？"邓朝辉严厉起来。

"那要从基础做起，"张凯期期艾艾地道，"那——"

"大材小用？"邓朝辉冷哼了一声。

张凯见他脸色不好，忙解释道："我不是那个意思，就是这么一说。"

邓朝辉站了起来："你不要小看了基础工作，有时候，基础是一个最高标准。"

"我没有小看，我是说基础没有难度，"张凯继续赔笑，"没有难度就没有动力嘛。"

邓朝辉不禁冷了："是吗？可如果我不教你，你连一份简历都写不好。"

张凯立马收了声。他暗自想，果然是人在屋檐下，不得不低头。邓朝辉如此轻视自己，他又能怎么样呢？幸好这是邓朝辉，要是苹果，还不定怎么吵架呢。还是先忍一忍，找到工作以后再说吧。他笑了笑道："邓哥，我听您的，您说怎么办我就怎么办。"

"做人既要懂得变通，又要能脚踏实地，这才是最根本的。"邓朝辉见他面色复杂，不禁暗自摇头，此人天性凉薄，又不肯吃苦，可居然还有女人愿意不离不弃地跟着他，可见人世间的事情，都是说不清楚的。他语重心长地道："只有孙悟空才好高骛远，自以为翻个筋斗云就能当天上的皇帝，结果呢，白白受了五百年的苦。"

张凯没有再反驳。邓朝辉道："你按照这三个职位的方向去找公司。每一个职位方向找十家公司，要最好的。"

"是是，您放心。"张凯连连点头，"找最好的！"说到这，他又有一点信心不足，"邓哥，最好是多好？"

邓朝辉一边懒洋洋地往楼上走，一边道："没

有更好，只有最好，你自己看着办吧。"

没有更好，只有最好？张凯思量了一会儿，回到房间开始在网上搜索。以往找工作，他只敢比较公司用人的条件，而且条件越低越好。他生怕自己够不上别人定的一条一款。今天却反了，他是比较这些公司：这一家不错吧？世界五百强了，可那一家更好，世界五百强中的前一百强，可还有更好的，前一百强里还有前十强呢。张凯一面搜索一面觉得真是太过瘾了！足以把他几年找工作的怨气一扫而空。这种兴奋感持续刺激着他，他又熬到大半夜，勉强小睡了一会儿，便又起来锻炼身体。吃罢早饭，他列出了30家公司，然后，他根据列出的30家公司，挨个在网上搜索这些公司的背景资料，了解它们的企业文化，甚至公司有哪些八卦新闻等等，凭直觉，他觉得邓朝辉一定会问他这些。这样忙忙碌碌，一天眨眼就过去了。

求职游戏

晚上，邓朝辉没有回来，十点钟给家里打了一个电话，阿姨接的电话，转告张凯说，邓先生今天不回家了，让他自己方便。张凯有些失落，但要了解30家公司，并把所有的资料全部背清，也挺花时间的。他顾不上邓朝辉，仔细地做着工作。第二天一早吃罢早饭，张凯觉得有些困倦，便靠在沙发上小睡了一会儿。正朦朦胧胧呢，突然听见阿姨在说话，他眼睛一睁，便看见了邓朝辉。邓朝辉脸色有些惨白，似乎很不舒服，张凯吓了一跳："邓哥，你没事吧？"

"我没事。"邓朝辉坐下来，看着他，"你准备得怎么样了？"

"我一共找到了30家公司。"张凯侃侃而谈，"而且每家公司我都做了资料的搜集和整理工作，不敢说我很了解他们，那至少也是非常清楚的。"

邓朝辉点点头："行，那你根据这30家公司再去改简历吧。"

啊！张凯一愣，这才明白过来，邓朝辉为什么叫他这样一步一步找工作。他转身要走，忽然觉得邓朝辉神色有异，便问："邓哥，你真的没事？"

"我没事，"邓朝辉道，"就是太累了，我要睡一会儿，没事别来打扰我。"

张凯点点头，回到自己的房间坐下，开始继续修改简历。这次修改的是30份简历，非常花时间。但是由于了解了职位的特性，又掌握了公司的背景资料，张凯的修改还是很顺利的。午饭时间，阿姨把饭送给他，说是邓先生交代的，让他不用出来了。张凯便在房里吃饭、干活。大约下午三点多钟，他觉得有些闷，想找邓朝辉说些闲话，便出了房间，朝邓朝辉的卧室走去。

邓朝辉的卧室在二楼，紧邻影音室，有时他晚上失眠，便躺在影音室看电影。张凯走到影音室门前，见里面放着一部电影，但是，荧幕对面的靠椅上空无一人，而且电影调的是无声状态。他有些奇怪，便又

求职游戏

朝里走。他走到邓朝辉的门前，刚要敲门，突然听见里面有奇怪的声音，张凯一愣，再仔细一听，天啊！他没有听错吧，好像是哭声！而且是邓朝辉的哭声。张凯又听了几秒，没有错，确定是邓朝辉在哭！他想敲门问问怎么了，可转念一想，一个男人哭，肯定有什么伤心事，可这时候，他最怕被别人看见或者听见。尤其是像邓朝辉这样的男人。他还要靠着他找工作，可不能让他知道自己发现了他软弱无力的一面。

想到这儿，张凯赶紧转过身，蹑手蹑脚地下了楼。

张凯回到房间，坐在电脑前，却无心工作。邓朝辉居然也有伤心事？一个男人仪表堂堂，又有钱又有工作，虽然没有女人，但张凯想，他一定不会缺女人。怎么还会大白天躲在家里痛哭流涕呢？张凯吓得一个下午没有出房间。到了晚饭时候，邓朝辉神色如常地叫他吃饭，吃饭的时候又是喝酒又是聊天，似乎没有任何异常。张凯更是装着不知。邓朝辉问他的简历改得怎么样了？张凯说改出了十几家。邓朝辉满意地点点头："现在不着急，要一家一家仔细改，改完了再说。"

张凯心领神会，连连点头。第二天晚上，张凯把修改好的30份简历，交给了邓朝辉。邓朝辉说要仔细地看看，连打开也没打开，便往旁边一放。张凯一愣："邓哥，那你什么时候能看完？"

"几天吧。"

"哦，"张凯有些迷茫，"那我接下来干什么？"

邓朝辉从皮夹里掏出一沓钱，递给张凯："你去请女朋友吃饭、喝茶，顺便告诉她，你在哪儿，免得她担心。"

"苹果？"张凯刚伸手想接，立即又收了回来，"她把我赶出来，也不关心我的死活，我还去请她吃饭，不去！"

"这事错在你，"邓朝辉脸色一沉，"你赶紧去找她。这几天我比较忙，没有精力管你。"

"是。"张凯连忙接过来，"谢谢你！邓哥。"

求职游戏

联系苹果未尝不可，可是这个联系能有什么结果？他还是一个没有工作的男人。张凯给手机配了个充电器，然后冲上电，充了一百块现金的值。他拿着手机犹豫良久，给苹果发了一条短信：你还好吗？

苹果呆呆地看着屏幕上的那条信息，只有简单的四个字：你还好吗？这说明了什么？他还牵挂着她，他还想着她。可他自从出了这个门就一直没有跟她联系，不知吃住在哪儿，也没有回过家。苹果每天都去查张凯的信用卡，信用卡没有动一分钱。这让苹果非常难受，难道说张凯身上一直留着现金？或者他身上还有别的存款可以动？和他恋爱七年，苹果觉得最大的收益就是两个人之间的那种信任，她从来没有瞒着张凯她的收入和存款，她相信张凯也不会因为这种事情去骗她。

七年的时间，让苹果和张凯的朋友都成了共同的朋友，可是所有的人都告诉苹果，没有看到张凯，张凯从来没去找过他们。这让苹果觉得张凯在他们的生活之外还有另外的秘密，这秘密到底关系着钱还是关系着其他的女人？苹果不得而知。她唯一知道的是张凯离开了她还有地方可去，既然有地方可去，为什么要赖了她七年？既然有地方可去，为什么要等到她把他扫地出门之后他才去那个地方？

苹果心里难受极了，最初张凯离开后的清净与清爽，也逐渐地在日复一日的生活中转化成一种寂寞与孤独。苹果这才发现，历经七年的岁月，除了那几个偶尔一起吃吃饭，一年聚会几次的朋友，她在北京几乎没有什么人可以轻易接触。没有女朋友可以一起逛街、泡吧、吃饭，没有女朋友可以一起看电影。单位的同事基本都成了家，晚上除了赶稿就是赶回家陪小孩。新来的那些20出头的小姑娘们似乎和她也格格不入，讨论的话题不一样，对衣服的审美不一样，玩也玩不到一起去。而且报社的工作都是晚出晚归。说实话，每天下班都是半夜，确实也不需要玩什么。可以前不管多晚回到家，家里总归有个人在，如今只剩下苹果一个人。苹果赫然发现，多一个人和少一个人的区别还是很大很大的。

难道爱情与婚姻的目的，就是为了多出那一个人吗？

苹果开始失眠。她打发不掉这份孤独，耐不住这份寂寞，加上心里又担心着张凯，而且随着张凯消失的时间越来越久，她越来越怀疑，张凯在和自己的这段时间，和别的女人在相处。要不然为什么一直不愿意跟她结婚？为什么一直不愿意好好工作？为什么不愿意买房买车？之前的经济所迫和不求上进，到如今变成了劈腿和上当受骗，这让苹果极其纠结，根本不知道要如何处理自己的情绪。白天上班还好，下了班就没着没落的。苹果在天涯发了一个帖，把自己和张凯这几年的感情林林总总地说了一遍，由于她文字通畅，故事叙述得还算清楚，跟帖一层楼一层楼地往上加。有人劝她学瑜伽，有人劝她养一条狗，有人说张凯早就劈腿了，还有人说这种人走了也没有什么可惜，也有人说苹果做得太过分了，七年的感情说放就放。苹果开始写那个帖子，看大家的回帖还很有意思，后来就不敢再去上了，觉得那个帖子是自己戳在自己心上的一把刀。而且那些回帖说得五花八门，却没有一个能让自己从烦恼中解脱出来。

　　原来，她用了七年的岁月，把张凯变成了她唯一的朋友和亲人。苹果心力交瘁，看着电脑，怎么样也没有办法平静下来，她终于忍不住给张凯回了一条短信，还好。但两个字迟迟没有显示能够发出去，过了半个小时，苹果见短信一直没有显示发送成功，便试着用座机给张凯打了一个电话。"你所拨打的电话已关机！"苹果一阵心寒，立即把电话挂断了。他这是什么意思？失踪了这么些天，不疼不痒地发一个短信，接着又把手机关上了，可见这个男人是没有良心的。苹果想到这，再也忍不住委屈，眼泪唰地流了下来。

求职游戏

张凯的心情没有苹果那么复杂，他发出短信后等了十分钟，见没有回信，便生气地关了机。都说女人变了心就不可能挽回，果然是如此啊。男人活着，只要有事业，什么样的女人找不到？既然苹果不理自己，不如趁这个时间，好好地办工作的事情。

张凯出了门，到最近的地铁站办了一张公交卡。然后他每天出门，挨着个在北京城把这30家公司跑了一遍。其实说跑也不能算跑，因为有些公司他根本进不去，但他至少能侦查一下地理位置，处在多少层楼，感觉一下这些公司里人进进出出的感觉。这样一来，他还真的增加了感性认识。有几家公司的办公环境还是很吸引张凯的，尤其有一家公司他去的时候，正值午饭时间，他觉得那些人都精神饱满，衣着光鲜，让他很希望成为其中的一员。

在这么大的北京跑30家公司，一周时间就像眨个眼睛一样，张凯觉得自己还没有跑完，时间便过去了。而邓朝辉在这一周期间都没有回来。张凯打过他一次手机，但手机关机。张凯这才想起，他并不知道他在哪里工作，也不知道他单位的电话，他对他的了解，仅限于晚上的聊天，和这座公寓——他还真是个神秘人物。

这天张凯又在外面跑了一天，晚上一回家，便看见邓朝辉坐在沙发上。他穿着真丝的睡袍，嘴里叼着雪茄，手里端着红酒，神态休闲，怡然自得，好像他这辈子都没有离开过这张沙发。

"邓哥！"张凯欣喜地道，"你回来了？"

"我回来了。"邓朝辉道，"你怎么样了？"

"不错，"张凯道，"30家公司基本上都跑完了。"

邓朝辉闻言一愣，有些惊异地打量了他一眼："你小子还真行啊，我让你找女朋友缓和一下关系，你去蹲点了。"

"未立业，何来家？"张凯随口道，"我也想了，等我把工作搞定了，我再去找她，踏踏实实地给她一个家。"

"唔，"邓朝辉打量了他一眼，慢慢地道，"这样也好，也算男人该干的事情。怎么样？这30家公司你想好应聘哪一家了吗？"

"我想都试试。"张凯道。

"行，"邓朝辉点点头，"你的30份简历我已经帮你修改好了，在电脑里，你自己看一看，然后开始投简历。"

"谢谢邓哥！"张凯听了，恨不得立刻就回到电脑旁，但是屁股却坐了下来，"邓哥，出差了一周，很辛苦吧？"

邓朝辉瞄了他一眼："想去看就去看，我想在这儿清静一会儿。"

张凯哑口无言，他也不知道为什么，自己在邓朝辉面前会像个透明人一样。他期期艾艾地回到房间，立刻打开电脑，果然这30份简历都被修改过，并且有的还被标注过，为什么要这么修改。

果然是点石成金，经他这么一改，张凯觉得自己并不是一无是处，还是有很多优点的，而且有些优点，说得他自己都很动心。他按照这30份简历，有的放矢地给这30家公司分别投递了出去。他正投着，冷不防邓朝辉敲门走了进来。

"邓哥，有什么指示？"张凯毕恭毕敬地道。

"一次投肯定没有效果，记着今天投明天再投，至少投一个星期。"

"我明白。"

"这是第一轮，"邓朝辉嘴角一挑，微笑着道，"就看你能拿下几家了。"

张凯看了他一眼，觉得他此时的表情就像一个游戏高手在玩一个简单的游戏，既好玩又充满创意。他不禁想，原来自己不过是他棋盘上的一颗棋子，他虽然收留了自己，但自己也确实提供给他一种玩乐的机会。

邓朝辉又道："你的手机恢复了吗？"

"恢复了。"

邓朝辉点点头："如果有人打电话通知你面试，记住，不要答应他的时间，要改一个时间。"

张凯一愣："为什么？"

"不为什么，显得你很忙，显得你很有机会。"

张凯深以为意，连连点头。在他一周的简历攻势之下，果然，有六家企业打电话和他预约面试，其中有一家是杂志社，两家酒店，另外的三家都是需要企业销售。张凯也依着邓朝辉所言，没有确定他们第一时间约定的面试时间，而是改了一次时间。邓朝辉又和他碰头分析，觉得三个行业回应的三个比例，说明了张凯在销售这个领域是最有吸引力的。而且这三家公司背景相似，那就说明了他们对人的专业水平要求并不是特别高，而对人的主观能动性和沟通能力，以及敢打敢拼的要求是相当高的。因为这三家企业的简历，邓朝辉都曾经修改过，觉得这三封简历所体现出来的特点，都是这些。那么看来，张凯在这条线上大做文章是最有可能的了。邓朝辉让张凯去感受这三家公司的资料，并询问他，他对哪一家公司最感兴趣。张凯说出了其中一家，邓朝辉便把这家排在了最后，让张凯先约定前两家公司的面试时间。他让张凯记住，第一要感受，第二要学习。面试也是一种技巧，需要靠自己的努力掌握其中的关键。

二人计已定，邓朝辉这才问张凯："你穿什么衣服去？"

"衣服？"张凯想了想，"我箱子里有套西服。"

"拿出来我看看。"

张凯走到箱边，从箱子里扒拉出自己的西装，这西服还是两年前陪苹果回南方见她爸妈的时候买的，旧是旧了点，可也没怎么穿，看样子还是比较新的。张凯把那身皱皱巴巴的西服披在身上，用手使劲地拽了拽下摆，想努力地把它拽得整齐一点。

邓朝辉的眉头皱了皱，似乎很厌恶，他向后退了退："这就是西服啊？"

"是啊，怎么？颜色不好看？"

邓朝辉似乎惨不忍睹："赶紧脱了，赶紧脱了！"

张凯嘿嘿笑了："主要是我这些日子放在箱子里弄皱了，我拿出去干洗干洗，还是很新的。"

邓朝辉长叹一声："我问你，你身上还有多少钱？"

"钱？"张凯有些不好意思，"没，没多少钱。"

"回答我，有多少钱？"

"还有600多块钱现金吧。"

"卡呢？"

"卡，最多还能透支4000多块钱。"

邓朝辉想了想，从抽屉里翻出一沓信纸和一支笔："写。"

张凯不知道要写什么，却一屁股坐下来，拿起笔，然后看着邓朝辉。

邓朝辉念道："借条。"

"借条？"张凯吓了一跳，"邓哥，写什么

借条？"

"你还怕我吃了你不成？写。"

张凯心里毛毛的，但又怕邓朝辉翻脸，赶紧一边听邓朝辉叙述，一面写：今张凯向邓朝辉借人民币一万元整。在张凯找到工作后一年之内还清，没有利息。借款人，张凯。

张凯放下笔，看着邓朝辉："邓哥，你借给我一万块钱干什么？"

邓朝辉道："让你去买衣服。"

"买衣服？"张凯道，"没必要吧？我这些衣服都还不错，只要洗洗，挺好的。"

邓朝辉挥挥手："别给我废话，明天我就带你去买，你记住我只让你买一万块钱左右的衣服。"

张凯有些头疼："邓哥，太贵了！"

邓朝辉眼睛一瞪，闪出一道寒光："我不是写了吗，工作找到了你再还我。"

"哎哟，哎哟，邓哥，您别生气，我不是怕您白花钱吗？"

"我不白花钱，"邓朝辉冷笑道，"我有自己的目的。"

张凯一愣，看着邓朝辉，这时一个沉在他心中已久的问题浮了上来："邓哥，我能问你一个问题吗？"

"什么？"

张凯想问他为什么帮自己，但是看着邓朝辉张了张嘴，没敢问出来。

"你想问我为什么帮你？"邓朝辉扫了他一眼，道。

张凯点点头。

"不为什么，"邓朝辉微微叹了口气，"我只是觉得这世界本是一场游戏，"他看着张凯，嘴角浮现出一丝冷笑，"你在虚拟世界中玩游戏，我在现实世界中玩游戏，本质上没有区别。"

张凯又是一愣，觉得邓朝辉这话，闻所未闻，却似有悟道的感觉。他玩网络游戏这么久了，怎么就没

觉得和现实世界有什么关系？他看着邓朝辉华服雪
茄，红酒大房子，这是典型的成功人士，或许只有这
样的人才能理解吧。邓朝辉冷冷地打量着他，忽然又
道："总有一天你会明白，游戏没有意义。"

张凯望着他，呆呆地问："那什么有意思？"

"有意思的不在游戏当中。"邓朝辉说完这句
话转身就走，走了两步又转过头来，看着张凯，
"也许你这辈子都不会懂的，还是先学学怎么玩游
戏吧。"说完，他关上门走了出去，把张凯一个人
留在了房间。

张凯跌坐在床上，很久都没有挪动。整个晚
上，他都在琢磨邓朝辉的话：网络游戏和现实世界
到底有什么关系？思来想去，他得出了结论：邓朝
辉一定没有玩过网游。网游世界虽然丰富，但很多
规则都是事先规定好的，现实生活虽然也有规则，
可是千变万化。控制一个网络游戏当中的人，比和
现实中的一个人打交道容易多了。

能把现实世界比成网络游戏，这才是高手中的高手啊！张凯不得不服。

第二天，邓朝辉果然带他去买衣服，二人去的都是最好的专卖店。张凯买了一套打折的西服，花了九千八，剩下的钱，只好刷卡买了一件两千多的衬衫和一条一千多的领带。张凯花钱花得心疼啊，长这么大，他还是第一次花这么多钱买衣服。不要说他了，就是当年给苹果买一件一千八的大衣，两个人买六千九的电脑都是咬着牙买的。而且不知下多少次决心，看了多少次，才做出决定。哪像这样，走过来一拿，往身上一比试，就埋了单呢？

心着实痛！可张凯又觉得有一点着实的痛快。痛并快乐着，大概就是这个感觉。而且张凯不得不承认，这些衣服穿在他的身上，确实让他显得与众不同。邓朝辉提着西服的下摆对张凯道："你知道这些衣服为什么这么贵吗？"

张凯摇摇头。

邓朝辉道："第一，确实质量好。但质量再好，也不值这么多钱。"

"那您还叫我买！"张凯一下尖叫起来，"您这不是……"

邓朝辉拍了他一下，示意叫他小声。邓朝辉接着道："但你花钱买的不是一件衣服。"

"那是什么？"

"是自信！"

"自信？"

"对！"邓朝辉道，"它能证明，你在这个世界上有能力挣到这么多钱，穿这么贵的衣服。"说完，邓朝辉转身就走，张凯连忙跟上。邓朝辉边走边道："都说女人最好的化妆品是自信心，其实对男人也一样。没有自信，人什么都不是。"

张凯默默地跟着邓朝辉大踏步地朝前走，他越走，越觉得脚步有力量。是啊，不就是一万块钱一套的西服吗？如果他能找到那些好工作，如果他能干上那些好职业，他也能买得起，他也能这样消费。这就是人生。他突然领会到一点邓朝辉说的现实世界也是游戏的含义。

一个漂亮的女孩从他们身边路过，扫了张凯一眼。张凯顿时觉得气往上一提。他瞄了她一眼，如果他能挣到这么多钱，这样的女孩也不是问题吧。

邓朝辉突然停了停，眼睛看着别处："对女人来说，男人也是一场游戏。不打游戏的女人只有两种，自信心超强的，和特别单纯的。前者不好驾驭，除非她自己愿意，你根本搞不定她。后者可遇不可求，除非她真的爱你，否则她什么也做不了。"

张凯不敢接腔，他感觉邓朝辉似乎能洞悉他的心理。心想这人太神了，难道我想什么他都知道？想到这儿，他什么也不敢多想。邓朝辉也没有再说话，二人一起回了家。

名牌西服、衬衫和领带挂在张凯的房间里。说实话，张凯太爱这套衣服了。那套深灰色的双排扣

求职游戏

西服就好像为他量身定做的，穿在身上显得他格外修长，把他略瘦的身形掩饰得恰到好处。至于灰蓝色的衬衫就更不用说了，质地柔软，但视觉效果却分外挺括。再配上那条蓝中带一点小亮点的领带，张凯觉得他不仅风度翩翩，而且还有点玉树临风的味道。他满心欢喜地等待着面试，但是邓朝辉却不让他好好休息，更不让他好好准备，明明离面试只有三天的时间了，他却天天拉着他在酒店大堂喝咖啡或者去京城的顶级俱乐部吃饭、聊天。而且一律要求张凯穿着新西服去。一来张凯觉得去的那些地方也高级，需要衣服衬托一下；二来也有邓朝辉的那些朋友在场，自己穿得太差邓哥也没有面子。可是张凯着实心疼自己的衣服，万一吃饭喝酒的时候弄脏了一点，这好好的一套衣服就毁了。但他也不敢驳邓朝辉的面子，只好陪着他去各种场合。白天谈完了晚上谈，晚上谈完了第二天接着聊。张凯觉得邓朝辉的朋友各行各业都有，就这几天已经见识了好几个什么总经理、总监一类的人。每次聊起来，他也插不上话，就是坐在旁边。邓朝辉则对外一律介绍说他是他的一个朋友，到北京小住。众人便也不以为意，只是谈他们的。

第三天晚上，张凯心急如焚，他一面想着第二天九点的面试，一面不时偷偷地看着手机。到了11点，邓朝辉终于说要回家了。张凯心头一块石头落了地，连忙跟着他往回走。二人进了家门，已经快12点了。邓朝辉一面换鞋一面问："新衣服的感觉怎么样啊？"

"挺好、挺好！"张凯一面回答，一面用手掸着胸口、前襟和后背，生怕在外面蹭了什么东西回来。

"别掸了，人穿着新衣服会不自在，衣服穿旧了才像自己的。"

张凯一愣，连忙笑了："邓哥，那你带我出去就是为了让我适应这套衣服？"

邓朝辉摇摇头："人的自信是培养出来的，你明天去见的这帮大公司的人，什么样的人没有见过？他们虽然个个都很一般，但是一屁股坐在大公司的位置上，都自我感觉良好。你没有很好的自信是架不住的。我这两天带你来玩，就是让你养成这种感觉。别觉得公司大，好的酒店和俱乐部你是天天去的。"

张凯闻言一愣，也确实觉得几天酒店泡下来，感觉有些不一样。"邓哥，"张凯一时不知道该说什么好，"太谢谢你了！"

"没有必要，我不是说了嘛，这是你的运，和我没关系。"

"那我明天去还需要注意什么？"

邓朝辉摇摇头："什么都不需要注意，你只需要注意两个字，自信、自信再自信。"

张凯点点头。邓朝辉道："要直视他们的眼睛，用自信压倒一切。"

张凯感激地点点头。

邓朝辉拍了他一下："行了，兄弟，去睡吧，明天起个大早。还有，我的车会送你去。"

"不用，邓哥，"张凯道，"这哪行啊？"

"哎，"邓朝辉挥手打断了他的话，"你只要记住自信就好了，别的不用多管。"

这对张凯来说，真是人生全新的一夜，他把西服、衬衫和领带小心地挂在衣柜里，把电脑包收拾好，然后躺在床上，逼着自己休息。开始他翻来覆去，真的有点睡不着，就像一个战士，第二天要上战场冲锋陷阵，既幸福又有点紧张，既紧张又兴奋，但时间一长，他就觉得这样不行，会影响明天的面试。好不容易朦朦胧胧睡了一会儿，手机的定时响了。他一个鲤鱼打挺，冲到洗手间梳洗，然后换好衣服，打好领带，之后提着电脑包走出房间。一走到客厅就愣住了，邓朝辉已经穿戴整齐坐在客厅，而阿姨蹲在门口，正在给张凯擦皮鞋。张凯脸上一红，自己百密一疏，皮鞋忘记了。

邓朝辉说:"起来了?快来吃早餐。"

两个人仍然不痛不痒地边吃饭边聊着新闻、时政,聊了一会儿,邓朝辉道:"不早了,我们出发吧。"

张凯提着包,跟着他走到了楼下,邓朝辉的奔驰已经停在门前,"你上车吧。"邓朝辉道。

张凯一愣:"邓哥,你不上车?"

"今天上午是以你为主,"邓朝辉道,"我自己去打车。"

"那怎么行?"张凯急了。

"你不用管我,我送了你再去就迟到了。"邓朝辉道。

张凯说:"那我打车吧?"

邓朝辉面色一冷:"叫你上车就上车,大男人磨叽什么?"

张凯不好再推,转身上了车。司机朝他礼貌地点了点头:"张先生,我们现在去海旺公司吗?"

张凯点点头。

　　司机不出声地启动了车子，稳稳地朝小区门口
驶去，张凯不禁回过头看了一眼，只见邓朝辉正慢
慢地踱着步，在后面跟着。

　　张凯心中一热，不管邓朝辉出于什么目的帮
他，这样的朋友此生难求啊。他坐在车子上，心中
万分感激。

　　此时，司机问他："张先生，你想听音乐还是听
广播？"

　　张凯道："听广播。"

　　司机打开了广播，张凯又道："听一听有什么新
闻吧？"

　　司机笑了："这就是新闻台，我们邓先生最喜
欢了。"

　　张凯沉默了，司机也没有说话。张凯听着新闻
的声音在车内流淌着，有一种肃穆的感觉从脚下缓
缓升起。这样的生活，才是他要的。在这个瞬间，
他忽然觉得，他不是去面试，而是去接管一家公

司；他不是要面对诸多人的挑战，而是王者一出，无人可以争锋。邓朝辉的房子、车子，甚至他身上穿的这套衣服，与生俱来就是他的，不是暂住也不是暂借，是他只要努力就可以创造出来的财富。

奔驰车缓缓地驶到海旺大厦的楼下，司机下了车，提前为张凯打开车门。张凯抬脚踩在了地上，好像踩到了自己的人生。他酷酷地向司机点了点头，那意思是谢谢！接着便提着包转身朝海旺大厦的门内走。来来往往都是些上班的人，他们侧目打量着张凯，是啊，一个坐着高级奔驰轿车的人，一个穿着高档衣服的人，一个外表冷峻又自信的男人，他不是已经30岁，而是刚刚30岁——前途不可限量。

张凯坐电梯上到了海旺公司的人事部所在的楼层，今天和他一起面试的有不少人，男生居多，也有几个女生。张凯也不知道自己是怎么了，他觉得自己往那儿一坐，举手投足之间便有一种优越感。他明显能感觉到其中有两个女生向自己投来青睐的目光。他扬扬自得，觉得自己很是潇洒。跟左边的人攀谈几句，又跟右边的人攀谈几句，似乎所有来的人当中，只有他最怡然自得毫不紧张。不一会儿，有一个年轻的女生走出来，可能是个人事助理，叫着张凯的名字。张凯朝她微笑着点了点头，跟着她走了进去。只见五个人呈一字排开坐在会议室中。张凯微笑着直视着他们的眼睛，逐一向他们点了点头。那五个人本来对张凯的简历，觉得既好又不好，因为说它好确实写得很是动人，而且里面有一些优点很符合公司的需要。说它不好也就是一个学化学的本科毕业生，也没有在什么特别好的公司中工作过，似乎还有一两年赋闲在家。可众人一见到张凯，不禁眼前一亮，好一个风度翩翩的小伙子！

张凯在他们面前款款落座，对他们提的每一个问题，都给予了合理的流利的回答，这回答的流利连他自己都觉得惊讶，而且他自己也觉得在回答的语气当中，已经不知不觉地带上了邓朝辉的口吻。

15分钟的交谈很快结束了，五个人点了点头，张凯站起身，礼貌地告辞出去。人事助理送他出来，张凯笑问："我答得怎么样？"

女生也乐了："答得不错啊。"

张凯抬脚要走，忽听女生道："虽然你的简历是最差的，不过我看你的回答是最好的呢。"

张凯闻言一愣，看了她一眼："哦？他们都比我好？"

"那当然，"女生笑道，"这几个个个都是硕士博士，还有两个是海外归来的MBA。"

张凯笑了笑："有句话怎么说的？英雄不问出处嘛。何况做销售最重要的是卖东西，不是卖学历。"

女生扑哧乐了。

张凯深深地看了她一眼，突然加重了语气："相信我们还会见面的！"女生微微一怔，脸不禁红了。张凯说完便走，感到那个女生的眼睛一直追随着自己。他走出了公司大门，猛转了个弯，便停住了，吐出长长的一口气。他觉得腿还有点发颤，腰眼也有点麻。他不知道自己哪来的这股劲，像极了邓朝辉穿着真丝睡袍、拿着雪茄、端着红酒的样子。都说近朱者赤，近墨者黑，现在看来果然是不错的。张凯觉得自己真的很自信，而且这股自信真的是被邓朝辉用前期的修改简历、收集公司资料以及后期的服装、五星级酒店等等给熏出来、给架起来的。他有一种直觉，这次的面试有戏。

张凯不知自己的首战是否告捷，但他人生第一次爱上了面试这样的游戏。接下来的面试几乎毫无悬念，他每到一家都是自信满满，口若悬河。甚至有一家公司人事部的人还把一个猎头的电话给了他，他觉得张凯虽然不合适他们公司，但确实是一个人才，值得找猎头去卖一卖。张凯暗暗好笑，忙于穿梭在北京的大公司、大酒店以及杂志社的办公楼里。每一次他去面试，邓朝辉必派奔驰车跟着他，好像那车就是张凯的底气，有了它张凯就无往而不胜。

这一天，张凯完成了最后一个面试，坐在车上，他不禁有些虚脱，第一轮的仗就算打完了，他还不知道结果。但不管怎么样，已经打下了一圈。他忽然灵机一动，对司机道："走，我们去三环。"

司机没有发问，只是默默地开着车，根据张凯的指示，他把车开到了苹果工作的报社的楼下。张凯有点想下车，但又有点不好意思。此时，是午饭时间，如果遇到了苹果，他怎么说呢？如果苹果来问他，他又怎么说呢？但他终究有点忍不住，想看一眼苹果，便让司机靠边停了车，走到了大厦楼下。他正犹豫要不要进去，突然看见苹果的几个女同事，从里面走了出来，说时迟那时快，张凯连忙转过身朝外走。不知道她们有没有发现他，他快步走到奔驰车旁，拉开门，钻进了车内。吩咐司机赶紧开车，车一溜烟地离开了那座大厦，把张凯送回了家。

张凯打开门，像虚脱了一般，躺在自己的床

上，一种久违的虚弱和无力感顿时抓住了他，他忽然有点明白邓朝辉在房间里哭泣的感受，这感觉就和他下了网络游戏的感觉没什么两样，没有游戏打难受，游戏打完了也没什么带劲的事情。

这是张凯离开家两个月又10天了。苹果的生活越来越平淡。一个人短暂的清静与快乐，逐渐变成寂寞和无奈。有人吧，你觉得烦，一个人吧，也觉得烦，生活什么时候能够不烦呢？苹果正在赶稿子，突然几个女同事走了过来，"苹果，"一位大姐道，"我刚才看见你们家张凯了。"

"是吗？"苹果一惊，继而一喜，"他？他在哪儿啊？"

"他在楼下，是不是来接你的？"

"哦，"苹果答应了一声，"可能吧。"她到今天为止还没有告诉同事和朋友，她和张凯分手的消息，因为她实在不能确定，他们这样是否就算分手了，是否就算永远地分开了。

"你们家张凯真奇怪，"那位大姐又道，"看见我们扭头就跑。"

"是啊，"另一位大姐道，"他穿得可光鲜了，还开着奔驰车。"

"穿着光鲜，奔驰车？"苹果不禁苦笑了一声，"你们肯定眼睛花了吧？那肯定不是我们家张凯。"话音一落，苹果自己都愣了，这句"我们家张凯"说得多顺啊，就好像这个人从来没有离开过。

"真的，真的，"同事们众口一词，"真的是他。"一位年轻的女孩还打趣道："苹果姐姐，你是不是嫁了一个金龟婿，怕我们不高兴，瞒着我们啊？穿那么好的衣服，开那么好的车，原来他平时都是装的啊？"

"你以为生活是演电视剧啊？"苹果又苦笑道，"别胡扯了，不可能的事情。你们快点走吧，我还要赶稿呢。"

众人说笑几声，便各自散了，剩下苹果一人，孤坐在办公桌旁。她也写不了稿，也聚不了神，想给张凯打电话，可又下不了决心，想给他发个短信，又不知如何说。看看MSN与QQ，全部是脱机状态。苹果愣了半天，还是忍不住在MSN上给张凯留了一句言"你现在过得好吗？"但是苹果久久没有收到回音。

第一轮战役打下来，张凯的成绩相当不错，有五家公司给他安排了第二轮的面试。邓朝辉也颇为意外，为此，他特地请张凯在外面吃了一顿，以示庆贺。但是张凯却觉得有些失落，因为他最喜欢的那家公司并没有看上他。但邓朝辉觉得，三家企业里面他成功了两家，说明张凯在这方面还是有竞争实力的。至于另外一家酒店和杂志社，邓朝辉的直觉是他们不会录用张凯，但是又觉得张凯不错，所以才会给他这个机会。他劝张凯把精力集中到这两家大企业销售的职位上，继续一轮的跟进。而且尽量在面试的时候，从方方面面收集信息，了解公司的意图，尽量多听、多问，轮到他发言的时候，一定要出彩，不要出差错。

果然不出邓朝辉所料，第二轮的面试结束后，一家杂志社和一家酒店都把张凯刷了下来，但那两家大企业，张凯依然还在。

在等第二轮面试期间，张凯开始和邓朝辉出入各种场合。邓朝辉非常忙碌，经常一个晚上要赶三四个饭局，俗称"转台"。赶完饭局之后，还要去酒吧或者夜总会。张凯见到了传说中的各行各业的精英们，那些他曾经在媒体上见过的公司总裁，或者围绕在那些场合里的漂亮女人：模特儿、小歌星和各种公司的高级女白领。在张凯看来，那些人组成的气场就像一个欲望球，每个人无限膨胀的欲望加在一起，就凝聚成一种生活。这种生活让张凯无限向往。同时，也勾起了张凯对和苹果在一起生活的那种眷恋。

张凯很奇怪，自己刚住到邓朝辉家的那段时间，他怎么会有空天天晚上陪着自己聊天呢？某一天晚上，邓朝辉喝多了，张凯开车和他回家，他忍不住问："邓哥，你平常都是这么过吗？"

"嗯。"邓朝辉哼了一声，闭着眼睛，皱着眉头，似乎很难受。

"我来的时候，也没见你这么忙啊？"张凯笑道。

"嗯。"邓朝辉没有回答，在车里侧了侧身。张凯不好再问，便闭上嘴。邓朝辉突然问："你觉得这样的生活有意思吗？"

"有意思啊，为什么没意思？"张凯惊讶地问。

邓朝辉吐出一口酒气，忽然问："你看巴尔扎克吗？"

"巴尔扎克？"张凯在脑子里搜索了一下，半天才想起来，这好像是某个作家的名字，他愣了愣道："看过。"

"巴尔扎克写的就是我的生活。"

张凯答不上话，只能笑了两声。邓朝辉道："你觉得这样的生活有意思，还是跟你老婆过有意思？"

"怎么说呢？"张凯认真地想了想，"这生活吧，就得这么过。但是老婆也不能少啊。"

邓朝辉又侧了侧身："你老是拖着不找她，不怕她跑了？"

"她？"张凯轻蔑地哼了一声，"她能跑哪儿去啊？她那个人没什么本事！"

邓朝辉没有说话，半天方道："在这个社会，想要过得好，人就不能太聪明。"

张凯闻言笑了："邓哥，这话说错了，您就是因为聪明所以才过得好。"

邓朝辉睁开一只眼，冷冷地看了他一眼："你说错了，在这个社会想要过得好，有欲望就可以了。"

"那聪明呢？"张凯问。

"聪明的人都想要幸福，"邓朝辉道，"可幸福远远不止这些。"

张凯又答不上话了，他觉得邓朝辉这么苦恼，实在是无病呻吟。不禁想起当年张国荣跳楼的时候，他在网上看到的一个网友评论，说有几亿资产，长得又帅，又有名，又是双性恋，还要去死，这世界太TMD不公平了。张凯那时候就觉得，所言甚是。现在听到邓朝辉这么说，他越发觉得有些人就是吃饱了撑的，得到了房子、钱，还不满足，还想要幸福。幸福是什么？在张凯看来，幸福就是苹果想买电脑的时候，就可以给她买苹果电脑，而且是最新等级的；苹果想吃好的时候，他就可以带她去最好的饭店；苹果想买房的时候，他张凯随手一指，就可以指着北京某个楼盘说：行了，我们要最好的那一套。其他的都是扯淡！邓朝辉没有再说话，醉醺醺地回到家便睡了。

很快便到了张凯第二轮的面试。面试的头天晚上，邓朝辉特地早回家，和他开了一个小会。两个人现场模拟了张凯去见客户的情景，邓朝辉坐在沙发上，要张凯模拟一个敲门进去和客户握手的场景。张凯觉得这太简单了，于是，他站在空旷的客厅中伸手假装敲了敲门，嘴里还发出"得得"的声音。

邓朝辉道："请进。"

张凯作推门状，然后看着邓朝辉，阳光地笑了笑，走到他面前，伸出手："邓总您好！我是某某公司的客户经理，我叫张凯，很高兴认识您！"

邓朝辉的脸色刷地变了，斜着眼睛看着张凯："你是谁？为什么到我的办公室来？"然后他抓起电视机遥控器模拟打电话的场景："我没有通知你们，你们为什么要放陌生人进来？请你们迅速带他出去。"

张凯一愣，看着邓朝辉，然后马上反应了过来，我靠，这是临场的应急反应考试啊。他立马道："邓总，就算您不知道我，也肯定知道我们公司，我想可能是之前的联系上出现了问题，请您原谅我突然闯了进来。可是，既然我已经到了，您是否应该给我一个机会，就一分钟的时间，允许我和您认识一下。"

邓朝辉的脸色越加难看，冷冷地从牙缝里吐出两个字："出去。"

张凯尴尬地站在那里。这时，邓朝辉站了起来，走到张凯身边，模拟出一个女性的声音，细声细气地道："这位先生，您是怎么进来的？请您赶紧出去。"

张凯不知道要怎么办。邓朝辉又道："如果你再不走，我就要喊保安了。"

张凯还是无法回答。邓朝辉又迅速坐回到沙发上，看着张凯："我不管你是多大的公司，我也不管你们公司的产品有多么的优秀，但是你这样地不请自来，我很反感。如果你代表了你们公司销售的素质，我看以后我们就没有必要再合作了。"

张凯艰难地吐出两个字，话音未落又被邓朝辉打断了："你们公司的销售总监是我的朋友，如果你再不出去，我看我有必要给他打一个电话，说一下你的表现，我想知道这是他安排的吗？或者是别的什么意思？"

张凯有些颓丧，勉强笑了笑："邓哥，您这是突然袭击啊。"

邓朝辉眉头一皱："怎么，你以前面试没有到过二轮吗？"

张凯面上一红："到是到过，没见过这样的。"

邓朝辉抽出一支烟，点上，然后跷着二郎腿道："销售最重要的就是心理素质，这点场面你都应付不了，还怎么做销售？"

张凯看着他："如果您是我，您怎么办？"

邓朝辉看着他，突然笑了："我也不知道该怎么办，不过这种场面一定不会发生，因为你不是卖保险的。但是考验的只是你的心理素质，如果你僵在那儿，或者你不再反应下去，就说明你失败了。"

张凯点点头。邓朝辉道："你知道我为什么这段时间带你见很多人吗？"

"为什么？"张凯问。

"我想让你知道，他们和你一样，都是普通人。"邓朝辉的眼中闪过一丝冷酷的狡猾，"有的人并不比你聪明，只不过他们比你的欲望要多，而且他们勇敢，愿意冒险，愿意去赌，仅此而已。"

张凯不置可否："照您这么说，是个人就能够成功了？"

"那也要看谁教的。"邓朝辉的脸上充满了自信与狂妄，还有一种奇怪的专注。这种表情张凯只在游戏高手的脸上看到过，那些随随便便就可以打到最高级的人，他们都有这样的表情。张凯很难理解邓朝辉为什么会把现实生活当成游戏，而且自己也是他这种游戏的某个部分。这让张凯的感情受到一丝伤害。虽然他承认，他和邓朝辉的交往，确实是贪图邓朝辉的帮助，但这些天相处下来，他也渴望得到邓朝辉的一点友情，甚至是一种手足之情。但邓朝辉显然没有。是因为张凯不值得他尊重，还是说他就是这样的兄长？喜欢用这样的方式对待别人？

那天晚上，邓朝辉想出各种各样奇怪的场景去刁难张凯，张凯最后也掌握了诀窍，不管邓朝辉如何古怪，他反正坚持反应，而且坚持用一种彬彬有礼的态度去对待他。邓朝辉非常满意他的表现，他欣赏地看着张凯，这是一个多么好的好小伙，虽然他的好非常有限，但想要在这个社会立足，他已经足够了。邓朝辉很清楚，张凯和自己不是同一种人，就像他们经常早晨一起出门，邓朝辉可以感受到空气中温度的变化，花园的一片树叶上挂着一颗晶莹的露珠；在乌烟瘴气的酒会中，他可以看到某个女孩脸上寂寥的表情。但张凯没有，张凯出门的时候充满着欲望，他身在花园，心里想的是高楼大厦，身在酒会，想到的是金钱与美女。他想得到更多！对于张凯来说，这种欲望已经足够了，足可以让他过上他想要的"幸福"生活。

邓朝辉最后对张凯道："你记住，第二轮面试不管是群殴还是单殴，你只要做到风度翩翩、自信满满，不断地反应，同时坚持把你的任务完成，你就可以了。"

张凯点点头。这天晚上，张凯睡得特别香。其实，人生真的也像打游戏，只要你掌握了一些规则，你就不再感到恐惧，甚至不再感到彷徨。张凯觉得他通过邓朝辉逐渐掌握了一些规则，这让他获得了一种前所未有的自信。而这种自信是他自大学毕业以来就一直没有寻找到的。

第二天一早，张凯早早地起床，然后在小区里跑步，回家冲凉吃早餐，换上面试的西服。邓朝辉依旧派司机送他去面试的公司。张凯发现，这次来面试的人，有几个是熟悉的面孔，也是自己在初次面试的时候遇到的。他立刻面带微笑上去和他们攀谈，那几个人的反应也都不慢，几分钟聊下来，各自都问到了哪个大学毕业，原来是做什么的。张凯发现他们的学历都比自己高，而且之前也都在大公司任职。当他们问到张凯的时候，张凯笑道："我当年差点没考上大学，所以上了一个本科就觉得万幸，再也不敢往下读了。"几个人都笑了。他们又问张凯原来在哪家公司就职，张凯笑道："我这辈子还没在大公司干过。几位是不是可怜可怜我，都回家吧？把这个工作让给我？"众人又乐了。但张凯在他们的脸上却没有看到不屑或嘲讽，相反倒是一种欣赏。他心里不禁暗赞邓朝辉，这也是邓朝辉教他的。当你不如别人的时候，你可以学会自嘲，因为自嘲是一种最极端的方式，如果一个人学会自己嘲笑自己，别人就不敢再嘲笑他。张凯不记得和邓朝辉同住的这段时间，邓朝辉到底说了多少这种语录式的名言，但张凯发现这种名言确实管用，或者干脆说它们是邓朝辉人生经验的金玉良言。

　　等面试开始的时候，张凯已经拿到了那几个人的联系方式。几个人互相约定，不管大家能不能谋到这份工作，但以后肯定都是在各个大公司当销售的主儿，等各自定了工作，要找时间出来撮一顿。张凯道："同校的叫校友，我们同一轮面试叫轮友。"

"错，"旁边一个人道，"应该叫面友。"

几个人有说有笑，但气氛却逐渐紧张起来。因为第一个被叫进去的人，面带沮丧地走了出来，众人也不好问他面试的情况，他也没有多说，只是和大家打了个招呼就走了。紧接着第二个人进去，外面守候的人谈话越来越艰难。

张凯是第三个，他推开门走了进去，眼光一扫便看见六七个人坐在里面，另外还有一个人坐在远一点的角落。张凯觉得这个人有点面熟，似乎在哪个酒会上见过，不禁朝他点了点头。那个人先是一愣，接着也微微地向张凯点了一下头。一个秘书走过来，给了张凯一张纸，张凯一看原来是面试的题目，是要向客户介绍公司新出产的一个产品，场景是会议当中。张凯对这个新产品的介绍已经作了充分的准备，但通过昨晚的训练，他知道，说出这个产品，不是重点。重点是待会儿这帮人怎么刁难自己。他轻咳一声，看着每个人的眼睛微笑了一下：

"大家好！我是某某公司的客户经理张凯，今天由我来向你们介绍我们公司的新产品计划。"

张凯话音刚落，一个女生突然尖叫了一声："哎呀，我们之前沟通的不是要介绍你们的新产品，而是要对你们的服务做出一个介绍。"

张凯微微一笑看着她："是吗？如果你对我们的服务感兴趣，那我想你更应该听一听我们的新产品计划，因为在那个计划当中会有你们最想要的一种服务。"

女生冷笑一声："你怎么知道我们想要什么服务？我再给你说一遍，我想听的是服务，不是新产品。再说我已经给我的老板汇报过了。"

张凯知道跟她纠缠下去，就会没完没了，他迅速地道："请问你的老板是旁边这位先生吗？"

那小姐一愣，想了一下道："不是。"

"太好了！"张凯一拍手，"既然你的老板不在，那我想他不会因为你在会议当中增加一个小小的内容而责备你。我想待会儿会议结束之后，如果你既能向他汇报出我们的服务，同时又了解到我们的新产品，了解到我们的新产品可以给你们公司带来什么样的好处和效益，你的老板一定会表扬你。"不等那女孩再说话，张凯冲她潇洒地一笑："请你相信我，我从不欺骗女生！"话音一落，屋子里的人都笑，那位女生也有点不好意思，大家都对张凯的表现显得有些意外。

张凯松了一口气，刚准备介绍新产品，女生忽然又道："张先生，刚才我说错了，他就是我的老板。"

"是吗？"张凯看着旁边那位男士，"可是我刚才陈述理由的时候，他并没有反对，我想你的老板很满意我的说法。但是有一句话，我需要修改。"张凯看着那位男士："请问您贵姓？"

那位男士道："我姓李。"

张凯笑着问："您是？"

"我是产品经理。"

张凯道："我刚才说我从不欺骗女生，那是为了尊重女士。其实我更想说的是我从不欺骗客户，尤其是对待产品经理这样的客户。"

众人又笑了起来。张凯看了一眼大家："OK，
我知道，今天只是一个面试，你们对我的了解远远超过我对你们的了解。但实际上你们的了解都是通过简历和我第一轮面试的表现，但是我很高兴你们可以给我一个机会，去向你们解释，去向你们介绍你们公司的新产品。我想对于这个新产品，你们的了解也许超过我，因为我只是拿到了一点面试的材料。但是我相信，我给你们的新产品的介绍一定是最有新意的。我会让你们对这个新产品的介绍耳目一新。而且我希望，如果在我的介绍当中，有对这

个新产品有益的一些建议，或者说在以后公司向客户介绍的时候，可以用到今天我说的一句话或者两句话，那我觉得，不管我有没有拿到这个职位，我已经成功了。"

众人都看着他，沉默了几秒钟，似乎那沉默就代表了一种掌声。张凯又道："我知道各位还要向我发难，我的面试时间只有15分钟，现在已经过去了5分钟，我希望大家把发难的时间缩短到5分钟，剩下的5分钟要给我来介绍这个新产品的计划。你们一定要听一听，一个新人他有什么好的新建议。"

众人又微笑起来，其中一个人转过头，看着墙角的那个人，那个人微微点了点头。于是，那个看他的人转回头，对张凯道："现在请你用10分钟的时间来介绍你的新产品计划吧。"

"非常好！"张凯点头微笑，然后打开了自己的电脑。一个秘书上前帮他把电脑接到了投影仪上。张凯风度翩翩地站在屋子中间，忽而走到投影仪前介绍着自己的PPT，忽而走到电脑前为自己的PPT翻页。他感觉到自己的无比自信和风度翩翩。而且他觉得，这种群殴和邓朝辉的刁难比起来，简直太儿戏了。想到昨天晚上邓朝辉在其中一个刁难的过程中，不等自己有任何动作，突然举手打了自己一记耳光，打得张凯目瞪口呆，但还是快速反应道："请问这位先生，你是为了了解新产品计划才来打我的吗？"他不禁感到，要说这种刁难，谁也比不上邓朝辉，邓哥太刁了。

　　张凯的面试提前5分钟结束，他跟每一个人握手，向他们表示告别。同时又向那个角落里的人点头微笑，他确定那个人是在某个酒会上见过的，那人似乎也看他面熟，便又向他点了点头。张凯轻快地走出会议室，门外还有两个人在等着，张凯满面春风和他们握手，跟他们告别。那两个人问："怎么样？顺利吗？"

　　"挺顺利的。"张凯道。张凯在那两个人的脸

上既看到了希望也看到了失望，他微微一笑，转身
走了出去。

二轮面试之后，张凯自我感觉不错，但他没有
立即拿到三试的通知。连续几天，他陪着邓朝辉混
迹于各个场所，心里有点惴惴不安。在这样的感觉
中，他开始思念苹果。苹果虽然普通，却普通得踏
实。而且正因为她太普通了，反而能撑起他作为一
个男人的自信。这一天晚上，张凯登录了QQ，苹果
不在线，也没有留言。他又登录了MSN，苹果的状
态是离开。但是在MSN上却有一句不知什么时候的
问候：你现在过得好吗？

你现在过得好吗？张凯一松手，身体往下坠了
坠。他觉得一种久不见亲人的激动在胸中激荡。说
实话，他是有点埋怨苹果把自己赶出家门。他觉得
苹果这么做，违背了同甘共苦、患难与共的原则。
他认为如果他是苹果，他是不会这么做的！所以他

扛到现在，也不和苹果联系。但从理智的角度说，他又觉得苹果做的是正确的，自己实在是不像话，跟她恋爱多年，也没找到正经的工作，家里的大部分日常负担都由苹果在承受。这种矛盾的心理，让张凯很难过。这些日子跟着邓朝辉在欢场中流连，美女不是没有，而是很多很多。张凯在每个女人的脸上都看到了一种追逐：追逐更好的生活、追逐更成功的男人。这让他越发怀念苹果。因为他相信，把这些女人和苹果调个过儿，她们不要说为他分担七年的生活，就是跟他吃顿饭，喝一杯水，凭他目前的处境，那也是不可能的！

张凯觉得累了！他既渴望成功，又害怕失败。既被这样的生活吸引，又越发眷恋起和苹果的那个小家。张凯在MSN上打了一个笑脸，但苹果迟迟没有回应。张凯看了一眼时间，这个时候，应该是她最忙的时候，不是赶稿就是坐班。算了，他下了线，坐在房间里，觉得非常空虚。

不等张凯沉浸在低潮的感觉中，他的三轮面试机会到了。现在只剩下了两家企业，他立即打电话把这个好消息通知了邓朝辉，谁料邓朝辉只是噢了一声，什么也没有多说。这天晚上，邓朝辉没有回家，只剩张凯一个人。第二天早晨八点，张凯接到邓朝辉的电话，说把一个重要的文件忘在家里，让张凯立刻帮他送一趟。张凯一愣："邓哥，那车呢？"

"车？"邓朝辉的声音不悦起来了，"车当然在我这儿，你是我兄弟吗？帮我送个东西还要计较车？"

"没有，没有，"张凯连忙解释，"我不是这个意思。邓哥，你在哪儿？"

"我在中关村。"

"行，我立刻给你送。"张凯依照邓朝辉的指示，在书房的抽屉里找到了一份文件，然后他疾步走出小区。这个小区在东五环，环境极其优雅，从里面要走10分钟才能走到街口有出租车等候的地方。张凯上了车，师傅问："去哪儿？"

求职游戏

张凯问："到中关村要多少钱？"

"现在是早高峰啊，"司机道，"这会儿打车过去，没有两三百你也到不了啊。"

张凯算了一下，两三百也太贵了。他想了想道："那就去四惠地铁站吧。"

"行，"司机师傅道，"其实还是坐地铁最方便。"

张凯没说话，不一会儿，车便拉他到了四惠地铁。张凯进了地铁站，觉得到处都是人，空气中洋溢着匆匆的味道。这味道让张凯有一些陌生，他已经很久没有早起赶地铁了。不一会儿，地铁到了，张凯挤上车，像贴大饼一样贴在众人当中，他先坐一号线到国贸，再坐十号线到中关村，沿途辗转了二十几站地铁，一个半小时后，他终于来到了邓朝辉所说的那个大厦。他拿出手机给邓朝辉打电话，邓朝辉道："我一直给你打电话，但是打不通你的手机，我想告诉你我已经不在那儿了。"

"啊？"张凯道，"邓哥，那你在哪儿？"

"我在上地这边，你有办法坐13号线吗？"

张凯想了想："行，那我再给您送。"说完，他又坐回10号线，再倒13号线。可出了13号线，张凯才发现，邓朝辉所说的那个地方，离地铁站还很远。他正考虑是打车还是想办法问问公交车，一个短信到了，是邓朝辉，告诉他某一路公交车可以直达。于是张凯便在地铁站周围找到了公交车站，上了公交车又坐了七八站路才到那个公司的楼下。等他给邓朝辉再打电话时，邓朝辉告诉他，让他把文件放在前台，然后就可以走了。张凯嗯了一声，挂上了电话。他又累又饿又渴，满心以为把东西送到地方，至少能跟邓朝辉见个面。一来说一下自己要三轮面试的事情；二来怎么也能喝口水，歇一会儿；三来没准能跟邓朝辉的车回去。现在看来，又得靠自己了。既然花自己的钱，他还是很小心的，手上没有几个现金，还欠着邓朝辉一万块钱买衣服的费用，他可舍不得打车呀。于是张凯坐公交转地铁，地铁再转地铁，一直转出四惠地铁站，这才打了个车回到小区。等他到家的时候，已经下午一点半了。张凯一进门，换上鞋便瘫在了沙发上。天啊，太累了！难怪古人说，由俭入奢易，由奢入俭难。这好日子过惯了，再想过差日子还真不习惯。他想吃点什么，却发现阿姨不在家，冰箱里空空如也，只有几包快餐面。张凯便自己动手下了碗面吃。到了晚上阿姨也没有来。他只好接着吃快餐面。大约十点多，邓朝辉开门走了进来。

"邓哥，回来了？"张凯欣喜地道。

邓朝辉哼了一声，也不搭理他，转身便上了楼。

张凯有些不明所以，忍不住喊了一声："邓哥。"

邓朝辉转过头看着他，神态依旧冷冷的："你有什么事？"

"我没事。"张凯不禁有些尴尬，"就是想和你说说话。"

邓朝辉转过身慢慢地走了下来，看着张凯："你什么时候三轮面试？"

"下一周。"

"有把握吗？"

"现在不好说。"

邓朝辉点点头："你知道每个游戏都有打通关结束的时候吗？"

"我知道。"张凯心中一惊，继而一凉，邓朝辉说这个话是什么意思？

邓朝辉点点头："知道就好，等你三轮面试结束，我想你在我这儿的日子也就结束了。所以能不能拿到这个Offer，就要看你的表现了。"

张凯点点头："可是，邓哥，万一我……"

邓朝辉看着他："万一你什么？"

"没什么。"张凯脸皮再厚，也不能说下去了，他勉强笑了笑，"谢谢你这段时间对我的照顾！"

邓朝辉看着他，微微一笑，转身走了。张凯不明白邓朝辉是怎么想的，难道这个游戏到下一周就结束了吗？可如果自己没有拿到Offer，他就要把自己赶出家门吗？那自己能去哪儿？去找苹果？苹果能接受他吗？就算接受了，还是一个一无是处的自己吗？他两手空空，又怎么解释自己这段时间的经历？

张凯无比焦虑，感觉到了即将无家可归的难堪与痛苦。这种压力比他离开苹果的时候更大更难受。因为他当时的感觉，就像小夫妻吵架，自己只是暂时离开家。但在邓朝辉这儿一住两个多月，好像真的和苹果断了某种联系。如果不捧一份大礼回去，还真不好开口。而在邓朝辉这里住了这么久，他也不知道自己离开以后，如果找不着工作，苹果也不让他回去，他还能去哪儿，能过上一种什么样的生活。

张凯思来想去也没有什么好办法。一连几天，他吃不下，睡不着，人瘦了一圈。邓朝辉也像故意折磨他，不仅自己不回来吃饭，还放了阿姨的大假。张凯每日只吃快餐面，又怕邓朝辉赶他出门，表面上不敢露出一点不快，还帮着收拾屋子、打扫卫生。这耻辱让张凯暗下决心：一定要得到好不容易有的工作机会！他每天拼命地在网上学习那家公司所有的信息，反复模拟训练面试中会遇到的各种问题与场景。每天在空荡荡的房子里自问自答，这股劲儿，他高考过后就再也没有试过了。

张凯太害怕在三试中有疏漏或者错误，因为，他现在真的输不起！

一周的时间眨眼过去了，明天就是张凯三试的日子，张凯有些不安。邓朝辉回来得很早，进门就拉着张凯说出去吃饭。张凯对他心怀不满，却也不敢说破，连忙跟着他出了门。邓朝辉带着他来到南城的一个小区，进到一个小面馆。面馆不大，收拾得也不干净。邓朝辉叫了两碗面，和张凯吃了起来。张凯不明白他为什么带自己上这儿吃饭，也不敢多问，生怕惹恼了他，影响了明天的面试。吃着吃着，一个中年男人走了进来，一屁股坐在邓朝辉旁边："朝辉，你来了？"

邓朝辉笑笑。那人又道："怎么不事先说一声？还是店里伙计告诉我，才知道你来了。"

邓朝辉道："你又出去打牌了？"

"打得小，玩一玩，店里生意不好。"

邓朝辉点点头。那人看了张凯一眼，道："这是你朋友？"

邓朝辉点点头。那人笑了一声，也没再说话。邓朝辉道："你要打牌就先走吧。"

那人点点头，站起身走了。张凯忍不住问："邓哥，这是饭店的老板？"

邓朝辉摇摇头："这饭店的老板是我。"

张凯吓了一跳："怎么会是您呢？"

邓朝辉道："我刚来北京的时候，就住在这个小区。有一段时间，我没什么钱，就天天上这个老板摆的摊子上吃面条。他也看出来了，什么话没说，每天给我的面都比别人的要多。两块钱一碗的面条，吃一顿能管一天。我就跟他开玩笑，说等我有钱了，就帮他开一个饭店。他说饭店他打理不了，开一个小面馆就够。所以后来我就给他开了这个面馆。他不是个能发财致富的人，但对人很好。店就这么不死不活地开着，不过我无所谓。"

"邓哥……"张凯不禁有些感动，没想到邓朝辉还有这样的经历。

邓朝辉看着他："这一个礼拜，你有点怨我吧？"

"没、没有，"张凯吓了一跳，连忙道，"我哪敢怨您啊，我还得谢谢您。"

邓朝辉道："你知道你做人有什么问题吗？"

张凯摇摇头。

邓朝辉道："你是个不知道感恩的人。"

张凯没想到邓朝辉会这么直白地说话，心里一跳，

求职游戏

脸一下子就红了："邓哥，你怎么这么评价我呢？"

"你女朋友养了你七年，把你赶出家门，你都没有想着回去问候问候她。"邓朝辉抬了一下手，阻止了张凯的解释，"而且这七年中，你也没有好好地去找工作。所以我从开始就给你说过，我不指望你感谢我，一切都是个游戏，因为在这个世界上知道感恩的人很少。但是如果一个人不知道感恩，他就很难成功。对家庭是这样，做事业同样如此。明天就是你的第三轮面试了，通过这一个星期，你体会到什么？"

"邓哥，"张凯觉得自己领会了邓朝辉的心意，不禁感激地道，"邓哥，原来这一周你是磨炼我啊？不瞒您说，这一个礼拜我吃快餐面，坐地铁，赶公交，日子过得很辛苦，我就在想，我无论如何要抓住这个工作机会。"

"哦，"邓朝辉道，"为什么？"

"只有这样我才能过上好生活，努力地去工

作，努力地去创造。邓哥，你批评得对，我已经七年没有好好努力了，我从现在开始也不晚。"

邓朝辉看着他，脸上流露出无奈的表情，半晌道："如果你这样告诉明天最后一轮面试你的人，你也许会失败的。"

"为什么？"张凯惊讶地道，"难道他招一个人不就是为了好好工作吗？"

邓朝辉的嘴角不屑地挑了一下："我说了，我今天教你的是感恩这两个字，哪怕你从内心里感受不到，明天你装也要装出这个样子。明天面试你的这个人，可能是真正有权力决定要你还是不要你的人。同样的工作，同样的薪水，他可以给你，也可以给其他人。他除了要你好好工作，还需要你一件事情。"

"哦，"张凯道，"你是说，我要感谢他？那是当然的了，我肯定感谢他给我这个机会，而且我会好好努力，我不仅为公司努力，也会为老板努力。"

邓朝辉点点头："明天谁招你进去，将来就有可能是你的老板。你要表达对他的感激之情，告诉他在以后的工作当中，你会追随他。"

"对，对，对，"张凯连声道，"我就是告诉他我跟对人了。"

邓朝辉"哧"地笑了一声。他看着张凯："算了，有些事情不是教能教会的，你给我说句实话，如果工作定了，你打算怎么办？"

"邓哥，"张凯道，"我肯定不能赖在您这儿，您放心，我会找地方搬家的。"

"我不是这个意思，"邓朝辉的脸色阴沉了，"我是说你跟你老婆的事。"

"嘿嘿"，张凯笑了笑，"邓哥，我知道您为我好，您放心，等我一落实了工作就去找她。人家给你吃碗面，你能帮人家开面馆。我老婆养了我七年，我不会忘记她。"

邓朝辉点了点头，笑道："这话说得还像那么一回事，不枉你跟了我这么久。"

张凯也笑了："将来我一定告诉我老婆，邓哥是多么维护她呀。"

邓朝辉脸上的笑容隐去了一些："不是人人都会对你好的。其实很有限，就这么一个人或者两个人，或者三四个人。"

张凯觉得邓朝辉好像在对自己说话，又好像在自言自语："如果你错过其中任何一个，你都会感到后悔。可有时候，后悔也解决不了问题。"张凯闻言心中一动，忽然想起邓朝辉在卧室里哭泣的场景。他小心翼翼地问："邓哥，你是不是错过什么人？"

邓朝辉摇了摇头，忽然道："走吧，我也吃饱了，我们回家，明天你还要面试呢。"

在回家的路上，张凯想起上次二轮面试群殴的时候，有一个坐在角落里的人，他把这个细节告诉邓朝辉。邓朝辉眉头一皱道："你明天见了这个人，小心一点，他很有可能就是你未来的老板。"

　　张凯点点头。第二天的三轮面试，只有张凯一个人在场，也许其他的两三个人都在其他的时候分别进行了最后的谈话。张凯坐在会议室，等着那个面试的人。一个女孩走了进来，给他倒了一杯水。张凯抬眼一看，却是上次那个为难他，被他用我从不欺骗女生堵回去的员工。张凯笑了笑，那女孩也笑了笑，算打了个招呼。

　　张凯问："面试的人什么时候来？"

　　"一会儿就到。"

　　"要是我面试成功了。"张凯道，"我就请你吃饭。"

　　"好啊，"那女孩眼前一亮，"你可记住你说的话。"

　　"那当然。"张凯道，"我可是从不欺骗女生的。"

　　两个人都呵呵笑了，那女孩转身走了出去。不一会儿，一个男人走了进来，张凯连忙站起身，果然就是那天坐在角落里的人，那人朝张凯点点头，示意张凯坐下。张凯坐在他的对面，不禁有些紧张。好不容易走到了这一步，他还真的害怕失去这个机会。

"你叫张凯？"那人道。

"对。"

"我是这家公司的销售总监，我叫皮特，你叫我皮特陈就可以。"

"陈先生您好！"张凯连忙毕恭毕敬地道。

"现在只有我们两个人，"皮特陈道，"说说你为什么要进我们这家公司？"

"为了生活。"张凯道。

"哦？"皮特陈饶有兴趣地打量着他，"说说看？"

"我知道我的学历不是很高，"张凯想着邓朝辉教他的感恩的感觉，同时由于恐惧失掉这个工作机会，声音听起来分外发自肺腑，"我没有受过什么海外的教育，也不是什么名牌大学的名牌博士，我就是个普普通通的本科毕业生。从我大学毕业开始，我的工作就非常艰难，可能对于像您这样的人来说，一个好工作不意味着什么，但对于我这样的人来说，一个好工作就意味着我能在这样的城市，吃得好，穿得好，给我老婆一个想要的生活。同时，作为一个男人，我有一份事业，有一份面子，能够撑起一个家庭。"张凯看着皮特陈，"我没有大的志向，成为一个企业家，或者成为一个有钱人，我只有小的志向，成为一个好公司的好员工，这就是我的梦想。"

皮特陈微笑了，他看着张凯："除此之外呢？"

"我有一个朋友，"张凯灵机一动，"他在北京最落魄的时候，有一个面摊的老板，每天给他下面的时候，都给他多放一些面，后来我这哥们儿发达了，就给这个摆小摊的老板开了一个小面馆。他告诉我，这就叫感恩。"张凯道，"陈先生，我知道招我还是不招我，对您来说就是人生的一件小事，但对我来说，就是人生的一件大事。就像我那个朋友，有人给他一碗面吃，他就能活下来，而且能够活得好。对我来说，如果您给我这个工作机会，我会终生感谢您为我打开这个大门，让我进入世界500强工作，给我这样的年轻人一个人生的机会，我会终生感谢您！"

皮特陈看着张凯的表情，不禁有些复杂，既有点意外，又有一点感动。张凯似乎通过他脸上的表情看到一种好运即将降临，他趁热打铁又补了一句："陈先生，虽然我没有机会，也不可能将来超越您，给您开一个什么样的面馆。但如果有需要，我会一直追随您，为您和公司尽我最大的努力去工作。"

皮特陈的脸上展露开了一种笑容，他看着张凯，忽然问："你说的这位朋友，我认识吗？"

张凯刚想说出邓朝辉的名字，忽然转念一想，邓朝辉这人行事神龙见首不见尾，万一在外面得罪什么人，他也不知道。于是张凯道："他是我的老乡，不是这一行的，您肯定不认识。"

皮特陈点点头："行了，你回去等消息吧。"

张凯的心里闪过一丝失望，他看着皮特陈："那我……"

"我虽然现在不能给你一个确定的答复，"皮特陈道，"不过我很高兴，作为一个员工，你能有这样的态度。我想好的消息是需要等待的。"

"陈先生，"张凯听出了他话外的意思，不禁激动起来，"陈先生，我……"

皮特陈摆摆手，站起来："今天的面试到此结束了，再见。"说完，他转身便离开了。

等他一走出会议室，张凯不禁跺了一下脚，原地转了一个圈，太棒了！很明显他被自己刚才的那些话完全打动了，邓朝辉真是神人啊！他先是让自己过苦日子，充满了对好工作的渴望，再告诉自己一个感恩的故事，让自己能够情真意切地表达，这是一个真正游戏的高手！

张凯不禁有些感慨，他急于把这个消息告诉邓朝辉，便收拾好东西朝公司外面走，还没有走出公司大楼，他就接到皮特的秘书打来的电话，通知他三天以后跟着皮特去广州出差。张凯有些不能肯定，不禁问："您的意思是说我通过面试了？"

"这个我不好说，"秘书道，"我是皮特陈的秘书，至于您有没有拿到Offer，归人事部门管，我只是按照皮特先生的话，来向您转达。"

张凯挂了电话，连忙给邓朝辉打了过去，把事情简单地说了说。邓朝辉一听便笑了："祝贺你！"他在电话里慢条斯理地道，"你终于找到了你想做的工作。"

"谢谢！"张凯这话是由衷的，"邓哥，谢谢您！"

"不用谢我，"邓朝辉道，"你这两天有什么打算？"

求职游戏

　　"我准备出差。"张凯脱口而出。他猛地想到，邓朝辉所言可能指的是苹果，忙又改了口："除了准备出差，我要去找我老婆好好谈谈。"

　　他说"老婆"这个词的时候，加重了语气。邓朝辉果然笑了："如果你跟她和好了，就从我这儿搬回去吧，你在我这儿住得太久了。"

　　"邓哥，"张凯不禁有一丝舍不得，"等我出差回来之后再搬吧，我还欠着您钱呢。"

　　"等你挣到钱了还我不迟，"邓朝辉忽然又笑了一声，似乎在嘲笑什么，"你将来，还能记得有我这个人就不错了，至于什么时候搬你看着办，但是不要拖得太久。"说完，他挂断了电话。

　　张凯摸不透邓朝辉的意思，难不成自己在邓朝辉的心中，就这么不知感恩吗？张凯不禁有些怨气，说到底自己也是堂堂的男子汉，被他看扁了，这也真有点过分！可听他的意思，他是不会让自己长住了。可他还是不想这么快去见苹果，万一工作

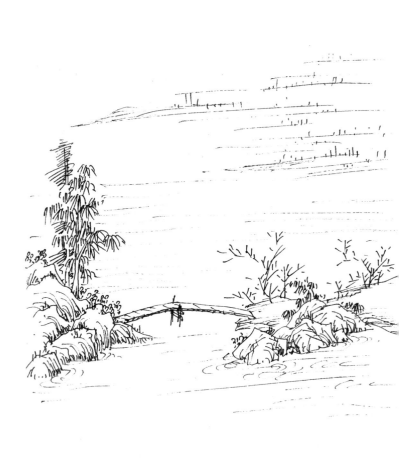

有什么意外，到时候苹果又不让他回家，他又从邓朝辉那儿搬了出去，岂不真是无家可归了。既然邓朝辉没有百分之百地命令自己搬走，张凯便下定决心在他那儿赖上几天。

三天之后，张凯跟着皮特陈到广州出差，一路上自然是鞍前马后，小心跟从。他这段时间跟着邓朝辉出入，自然学到了不少礼仪，也学会了看人的眼色行事。何况他时刻牢记邓朝辉教他的话，对皮特陈表现得忠心耿耿，似乎他是他命中的大恩人、大救星。皮特陈方方面面都对他很满意，提前和他透了些公司的人事关系，有意无意之间，说了不少在公司的注意事项。耳提面命，着实让张凯感到一种暗暗的激动。他离好工作越来越近了！

一个星期后，张凯跟着皮特陈从广州回到北京，直接在人事部办理了入职手续。他领到了公司的门卡、饭卡，甚至星巴克喝咖啡的折扣卡。张凯的手里捏着这一堆卡片，这才踏踏实实地确定了，他真的搞定了一份工作，一份非常好的工作！

他迫不及待！他轻飘飘地逍遥自得！他决定要给苹果一个结实的"打击"，让她看到，她小看了他七年，是个完完全全的错误！

张凯特意把向邓朝辉借钱买的新西服干洗了，又把公司发的新电脑包擦得干干净净，脚上的皮鞋、头上的头发，自然打理得一样有型。然后，他意气风发地来到苹果报社楼下。他看了一眼时间，正好是傍晚六点，现在是苹果最忙的时候。他拿出手机，打了苹果的座机电话，电话刚响两声，他便听到一个熟悉的声音："你好！我是苹果。"

"你下来一下，我在楼下等你，我有话要跟你说。"张凯拖着声音，慢条斯理地说。他感觉自己的声音特别有自信、特别有征服的魅力，这男人，有事业和没事业真是不一样啊！电话没有声音，过了几秒钟，居然挂掉了。张凯不禁有些恼羞成怒，这是什么女人？自己混好了回来找她，她一点面子也不给！

　　张凯站了一会儿，开始疯狂地给苹果打电话，打手机没有人接就打座机，打座机没有人接就打手机。他打了座机打手机、打了手机打座机。终于，有人接了座机，却告知他苹果不在，不知道人去了哪儿了。这个女人，居然还跟他摆架子！张凯愤愤不平！公司人事部文员俏丽的身影一下子闪了出来，她这真是不知好歹啊，自己在什么处境下回来找她，她要是错过了这个机会，可真别后悔。只要他有事业，外面有的是女人，大丈夫何患无妻！

　　张凯又等了一会儿，一咬牙一跺脚，转身便走！他走了两步，突然发现报社大厅的玻璃窗户旁边躲着一个女人，她低着头躬着背，脸埋在一棵发财树的枝叶中，看起来很像苹果。

　　张凯有些奇怪，慢慢地走了进去。她还是低着头，面对着绿色植物，不知道在干吗。张凯又走近了一些，毫无疑问，这个人就是苹果。只是，她看起来似乎瘦了很多。张凯想走到她后面，伸手拍她吓她一下。等走得近了，他才发现，苹果细长的脊背在微微颤抖，并不宽阔的肩膀不停地抽动着，似乎在哭泣。张凯的心忽然软了一下，不禁问："嗨，哭什么呢？"

苹果没动，似乎哭得更凶了。张凯假装满不在乎："别哭了，以后跟着你老公好好地混吧。"

此话一出，他愣了一下。原来他一直在心中把自己当成苹果的老公。原来他从来没有放弃过这个想法。算啦，穷人穷命，哪里还会有第二个女人，再收留他七年。苹果还是不说话。张凯嬉皮笑脸地说："嗨嗨嗨，能不能先把头转过来。"

苹果当真听话，转过了身体，把对着发财树的脑袋偏了过来。张凯这才发现，她哭得稀里哗啦，两只眼睛已经红肿了。

"你这是哭什么呢？"张凯看着她的狼狈模样，心里有些发酸，"我不就是离开家两个多月吗？再说，我也没闲着啊！"

苹果只是看着他，只是掉眼睛，泪珠儿大颗大颗地顺着脸颊往下落。张凯虽然习惯了她哭、她闹，她伤心的软弱、她无比的悲伤却无可奈何的指责，但离开了两个多月，他觉得有一点不适应，还有一点不喜欢。这是干吗呢？他又没有死。想到这儿，他赶紧道："我给你汇报汇报，我已经找到工作了，你老公我现在是一家大公司的销售。"

听到这话，苹果没有回答，只是看着他，眼神茫然又可怜。慢慢地，她眼泪止住了一些，肩膀也不那么抽动了。她根本不相信张凯说的话，凭他的资历，根本找不到好工作。难道这七年的时间，还不足以证明一切吗？可是，他现在这样站在她的面前，她真舍不得赶他走。她实在过不了一个人的生活。她知道自己没有用，既没有本事搞定条件好的男人，也没有本事把孤独的日子过充实了。那要怎么办？苹果的内心无比纠结，那就留下他吧，养他一辈子！

然后所有的问题在这个决定中，全部回来了：房子——哪儿是她的安身之所？钱——她总要吃饭吧，总要生活吧，父母年纪一天天大了，她总要有点积蓄吧？孩子——她拿什么养孩子？

她找一个男人，就是为了花钱找一个陪伴的人吗？寂寞有那么可怕吗？孤独有那么可怕吗？苹果在这个时候恨死了自己：她为什么会这么软弱？她为什么会这么没用？

天哪！老师父母啊，你们都教给我什么了？我真是一个没有用的废物啊！苹果泪眼蒙眬地看着张凯，口不由心地顺着他的话往下说："你说的是真的还是假的？"

此话一出，苹果再一次地感觉到，自己防线的全部退让与突破。算了吧，她就是这样的女人，没有用啊没有用！真是没有用！

张凯哪里能体会到苹果内心的自卑与痛楚。他扬扬自得地把电脑包推到苹果面前，"看看！公司发的！"他又掏出一张门卡，塞进她的手里，"这也是公司发的！"接着又掏出一张名片，"看，这是你老公的名片！"

他说"你老公"的时候说得特别响亮，好像要把男人的尊严全部表现出来。表演到这儿，他觉得漏了什么，赶紧又掏出星巴克的卡："你看！你看！这也是我们公司发的！充了值了！你随时都可以去。"

他见苹果没有表情，又补了半句："去喝咖啡！"

苹果看着他，有一点清醒了。难道他真的找到了好工作？她这时才开始打量他，他穿着西服，不，是一身很好的西服，她还没有见过他打扮得这么好！还有，上次同事们说，看见他坐着好车，穿着名牌，难道，他没有骗自己，他真的出去找工作了？而且找到了好工作又回来找自己表白？

苹果有点眩晕。如果一个人买了七年彩票都不中奖，上帝怎么会把好运气留给她？难道这世界真

的所言不虚，有付出就有回报？难道她真的能在莫
名其妙地坚持到最后时收获到一点东西？她，苹
果，一个普通得不能再普通的女人，会收获一段伟
大的爱情，有一个真正能给她一个家的好男人！

苹果惊得有点呆，而且有点发蒙。她看着张凯
像变戏法一样变出的这堆东西，咽了一口干干的唾
沫："你真的找到工作了？"

"真的。"

"一个月多少钱？"苹果不假思索地问。

张凯扑哧笑了："你这个财迷，你就知道钱。"

"到底多少钱？"苹果认真地问，而且她有点
生气了，张凯怎么能对这样的问题无动于衷呢？

"也没多少钱，"张凯拉长了调子，"年薪也
就20万吧。"

"多少钱？"苹果觉得自己的耳朵出了问题。

"20万，"张凯心里也没有底，"当然了，要看你
老公能不能完成业绩，完成得好，可能还不止呢！"

求职游戏

苹果迅速地算了一下，20万，一个月一万多，如果能买房，也可以付贷款了。这么一算账，她冷静下来，狐疑地看着张凯："你真的假的？"

"切！"张凯对苹果的表现有点失望，怎么既没有爱情的不离不弃，也没有得到之后的狂喜呢。他不禁道："邓哥还让我感恩，我感什么恩啊？女人就是庸俗，有了钱就什么都好说了。"

"你胡说什么啊？邓哥是谁？"

"就是收留我的人。"

"他是男的还是女的？"

"废话，邓哥还是女的吗？"

"张凯，"苹果还是不能相信自己会有什么好运气，喘了一口气，认命地道，"你要找不着工作也没有关系，你在下面等我下班，晚上我们一起回家。"

"我真的找到工作了，"听了这话，张凯心中有点感动，他假装生气地道，"你再这么说我就走了。"

"好吧好吧，"苹果道，"我信你。"

　　"这才像话嘛！"张凯拉着苹果走到角落的长椅上，打算好好地向她吹吹自己的传奇经历，两个人刚坐下，苹果突然尖叫一声："几点了？我要上去赶稿子，要开天窗了。"

　　张凯被她吓了一跳："七点半。"

　　"我要死了，"苹果抖抖索索地飞快站起来，"上面肯定乱套了，我有一个大稿子今天要交。"

　　"你赶紧去吧，"张凯也知道她的工作，"晚上我来接你，我们一块儿回家。"

　　"你的行李呢？"

　　"我哪有行李？"张凯道，"像我这样一无所有的人，身上的就是我的行李了。"

　　苹果转头要走，突然一把拉住他："张凯，我……我……你？"

　　"怎么了，"张凯笑了，"有话就说啊。"

　　苹果心一横："你有了工作，不会不要我了吧？"

　　"你说什么傻话？"张凯心里一软，知道她向来担心自己发达了不要她，"你养了我七年，就算你对我再不好，我也得养你七年，不然这笔债怎么算得清楚？"

苹果听了这话，嘴角向两边咧开，笑了一下，点点头，便离开了。

张凯看着她的身影消失在电梯门后，不禁长长地出了一口气。此时，天已经擦黑了，进进出出的人们从这个大厅走过。这个地方他以前常来，熟悉得像自己家一样。但今天他却感觉如坠一个梦中。刹那之间，邓朝辉、面试、好工作、那些欢场等等，突然离他很远很远，他有的，只有苹果，和曾经的生活。不，他摇了摇头，是现在的生活。他要和苹果回家了，他有一个工作，有一个叫作皮特陈的老板。

张凯独坐良久，慢慢地站起来，走到外面的小面馆，随便吃了点东西。这期间苹果给他打了几

次电话，问他在哪儿，在干什么，十二点来不来接她？张凯觉得有点不耐烦，但又觉得很踏实。他忽然不想回邓朝辉家了，也不想再见到邓朝辉。哪个人有家了还想过寄人篱下的日子？说实话，邓朝辉给了他太大的压力了。他打了个车，来到邓朝辉的小区，觉得这儿的良好环境，今天看来，都有梦境的感觉。他不希望邓朝辉在家，而邓居然真的不在。张凯收拾了行李，觉得自己不打一个电话，实在有点说不过去，便给他打了一个电话。邓朝辉说，现在正忙。张凯说："邓哥，我要搬走了。"

"哦，"邓朝辉似乎没有任何意外，"行，你把钥匙留在茶几上，我有事，先忙了。"

张凯挂上电话，觉得这个告别仪式，实在太简单了。苹果又来电话，询问他在哪儿。他不想多说，只说在外面，一会儿回报社。

就这样，张凯和苹果回了家，过着自己的生

活。虽然张凯不太愿意提起邓朝辉，但是不说邓朝辉，他无法向苹果解释自己这两个月的生活。于是，他多多少少还是说了一些。苹果很感谢邓朝辉，觉得他们应该请邓哥吃个饭，聊表谢意。但张凯内心深处并不愿意，只是拖着不办。后来被苹果逼不过，给邓朝辉打过几个电话，发过几次短信，说想约他见面，夫妻两人请他吃个饭，表示一下感谢。但邓朝辉始终说忙，张凯也就不以为意了。

两个月后，张凯把一万块钱现金打到邓朝辉的卡上。慢慢地，二人便不再联系。直到有一次，他和苹果吵架，苹果骂他天性凉薄，说他对自己老婆不好，又说他受了邓哥的大恩德，却没有带苹果去看他一眼，也没有请人家吃过一回饭。张凯这才有些警觉，他忽然想起邓朝辉曾经说过，将来你别忘了我之类的话，不禁内心有些震动，原来人忘记别人给自己的好处，是这么容易的一件事情。就像他现在对苹果，其实也谈不上好与坏，只是过日子吧，只是生活吧。

张凯扳着手指头数了数，他跟邓朝辉整整一年未见，他确实应该谢谢邓哥。可惜张凯再打邓朝辉的手机，对方已经换了号码，他也没有勇气去邓朝辉家探望他。于是，邓朝辉便成为一件不了了之的事情，成为一个模糊的回忆。如果苹果不是邓哥邓哥的老提这事儿，张凯基本已经淡忘了自己悲惨的经历。而且他觉得苹果提邓哥，不是为了让他记得邓哥，而是为了提醒他，别忘记她养了他七年的故事。为此两个人也没少吵，可吵也吵不出个所以然来。

至于那个让张凯说"我从不骗女孩"的女同事，倒是和张凯在公司相处融洽。张凯知道她有一个男朋友，她也知道张凯结婚了，不过两个人经常一起吃午饭，偶尔还一起看个周末电影。张凯明知这样暧昧不对，但也控制不了自己。而且，他也知道自己不会放弃苹果，这年月，玩情调可以，动真格地为爱情养他七年，除了苹果，他再也找不到第二个。他和苹果已经买了一个二手公寓房，如果没有意外，他们会再生一个孩子。对张凯而言，普通人的幸福生活就是如此美好，不可复制！

附录

小说——虚构人生之境

从《求职游戏》谈起

饶翔：你的《求职游戏》我反复读过好几遍，我认为是一部非常好的小说，整体结构和叙事推进都不错。开篇有点儿"平地一声雷"的感觉，"电脑屏幕已经碎了，那爆炸的声音把两个人都吓了一跳"，然后很快进入了故事。这种方法很现代，进入叙事很快，接着叙事一步步地推进：两人争吵，张凯被苹果赶出家门，走投无路被朋友介绍给邓朝辉，再叙述邓朝辉怎样帮他改简历、演练面试、参加高端社交……小说整体的起承转合很连贯，气脉畅通，各个地方裁剪得也很得当。《求职游戏》是很标准的中篇小说。中篇小说跟长篇和短篇相比，有它的特殊性。在我的印象中，这是你到目前为止仅有的一部中篇小说，这是什么原因呢？写中篇跟你常写的长篇和短篇的感觉有什么不同？

崔曼莉： 短篇很短，它的尖锐性更突出。一根针扎你，疼吗？疼。长篇像一座山压你，很重。中篇是二者都要结合——既要有针的尖锐性，同时又不可能只有一根针那么大的压力面积，它是需要更大的面积压在你身上。中篇介于二者之间。创作节奏上是如此。我的长篇都较长，要用几年时间去完成。短篇可能两三个月，或者一个月就完成。写中篇，如果是大长篇的状态，劲就泄掉了，但也不能像短篇保持一个短刺激的感觉。总的来说，短篇是一种极致，长篇也是一种极致，中篇则是一个中间状态。难就难在，它是个中间状态，但是你要呈现出一个"不中间"的作品。在写《求职游戏》之前，我没有写过中篇，觉得它不长不短，不痛快，也不好把握。《求职游戏》是应邀请写的中篇。你对于《求职游戏》的叙事评价那么高，可能是因为在此之前，我已经有十三部短篇和两部大长篇打下了一个写作基础。如果没有这些基础，我可能写不了一篇接近"标准"的中篇。

饶翔：它既不能是长篇和短篇的节奏，也不能是介于长篇和短篇之间的一个平庸的东西。这反而体现出中篇这种文体的优势。《求职游戏》这么一个题材，你怎么不把它写成一个长篇或者是短篇？

崔曼莉：写成一个长篇或短篇，都可以。在叙事的时候自然就会有调整。

饶翔：从文学史角度而言，中篇是很具有中国特色的。国外一般没有中篇小说，只有短篇和长篇的概念。中国中篇小说在上世纪80年代是挺活跃的。有文学批评家给出的解释是说，当时重大的社会问题很多。由于长篇小说需要一定的创作时间，为了及时反映一个重大社会问题，同时出于体量考虑，会把它处理成一个中篇，具有一定的信息含量，因此就造就了这样一种独特文体的繁荣。我觉得《求职游戏》作为一个中篇，写成这样一个体量，跟时代的呼应特别直接，跟你所写的短篇，如《山中日记》《杀鸭记》相比，感觉它跟时代的呼应更大一些。

崔曼莉：《求职游戏》是应《北京文学》的邀请创作的。《北京文学》有几个要求：一，中篇；二，要有一定的写实性；三，写实不是一般化的写实，要兼具文学性。《求职游戏》基本是一个点出来的"菜"。我当时跟编辑张颐雯说了好几个选题，她没要别的，就选了《求职游戏》。所以，我觉得，这跟文体的结构没有关系。并不是说，中篇好像更写实一些，短篇更虚一些，或说，我自己的短篇更具文学探索性一些，中篇更面向现实一些。《求职游戏》真不好说，因为主要这是一篇约稿。

饶翔：你刚才说了一个点，说《求职游戏》是《北京文学》的一个约稿之作。我马上想到，《北京文学》的主导就是写实、现实关怀，而且他们似乎特别青睐中篇小说。因为它们在正刊之外，还有一个《北京文学·中篇小说月报》，这个月刊专门选刊中篇小说。他们的编辑特别倾向于中篇这种文体。他们定制这个，还是很有意思：一方面，他们特别关注当下，突出时代性；一方面又青睐中篇小说这种文体。这些有趣的方面能不能说明，中篇是与当下社会互动的一种特别有效的文体？

崔曼莉：我写长篇时也没有想过与当下社会互动有效的问题。这个不是作家关注的问题。因为没写过中篇，这是我的第一个中篇。我关心在写作上的表现。现在看来，我自己还挺满意的，至少写完了，没有写得贻笑大方。算是达标了，45分吧。

饶翔：你为什么能够一下子抓住中篇的创作规律，而且能完成得这么好？我的理解就是中篇有一个主要人物，有一个时段，有一条主线，叙事是这样推进下去的。四五万字的体量基本是写一个人物在一段时间的经历，是单线的故事推到底的，也是特别考验叙事能力的。

崔曼莉：小说字数是一个硬指标，但无论字数多少，都有各种可能性。这就好比说，空间是恒定的，但由人创作出的空间感受是无限可能的。《求职游戏》的叙述线索，基本受两方面影响，一是小说素材决定，二是《北京文学》约稿特性。这和篇幅没有关系。比如我的短篇小说《杀鸭记》接近单线，但《卡卡的信仰》是好几根线同进，而它只是一部8000字的小说：少女卡卡是一条线，少男信仰是一条线，少女卡卡和少妇妈妈之间——小女孩和中年女性在男性世界中的女性竞争又是另外一根线，包括卡卡父亲面对家里微妙变化的尴尬也是一根线。我没有想过中篇小说是几根线、短篇小说是几根线、长篇小说是几根线这个问题。关键还是选择写一篇怎样的小说，同时怎样表达才最准确、最有意味。

饶翔：写完这部小说，你对中篇小说有什么新的认识呢？

崔曼莉：我还是想写长篇。或许这段时间我一直迷恋长篇小说吧。长篇的可能性会更多，因为它篇幅长，所以更具挑战性。我自己对结构大的东西特别有兴趣。

饶翔：我记得你说过你喜欢写大字，你的大字比小字好。

崔曼莉：这可能是天生的，不明白为什么。我的字越大越好，大得超过我的身体体积最好。如果《求职游戏》是个长篇，可能会有更多的线进来，会是部更丰富的小说。

饶翔：我也考虑过这个问题。比如把张凯介绍给邓朝辉的那个王强，是不是也可以发展出一条线？

崔曼莉：这不一定。

饶翔：我觉得可以。我还设想过，王强那个人没准儿就是上一个张凯，他可能有着与张凯相似的命运或经历。

崔曼莉：我不会这么设计。好小说应该具有"蝴蝶"效应——生活看似都在正常的节奏里，每天重复，每天重复，但一个小小的偶然突然改变了所有人的命运。对张凯来说，王强就是那个偶然。打个比方：一个女人出门，朝某个男人笑了一下，其实女人是无意识，但男人误会了，求欢不成一怒杀人，两条人命与他们的生活全部毁掉了。命运总是在我们不知道的地方转身。这恰是我关心的。我不会设定说，王强是上一个张凯，出于对自己命运的体察去帮助别人。我不喜欢，而且我也不认为它会成为小说中的必要因素。偶然性是我们无法预料的。必然的偶然性是人类的可悲之处，也是可喜之源。一个偶然，最后成为另一种命运的必然，这才是有意思的。

小说是什么

饶翔：按照一般的定义，小说是以语言为材质、故事为载体的一种叙事文学艺术。和其他门类的艺术相比，美术最基本的是线条，呈现的是一种具象的形象；音乐是音符，诉诸的是听觉；而小说是以语言为材质的，呈现的是一种想象。我认为，如果一部小说叙事不清晰，即使其有思想性，也不是一部好的小说。第二，小说是一个叙事文体，它就应该与时代有一个对应关系。我希望能够在小说中读到作者对于时代的看法和理解。第三，小说与所有的艺术作品是互通的，最终一定是对整个生命的一种表达，不只是对某个人的生命表达，也是对于整体人类的生命表达。既然小说是虚构的叙事，那么进入小说的门路，我们首先要看它虚构了一个什么样的故事，其次是它以什么样的语言和方式完成的虚构叙事。很多人喜欢你的小说，是因为喜欢你会叙事。你怎么看？

崔曼莉：所有的好的小说，都特别会叙事，包括《追忆似水年华》。

饶翔：你认为好的小说的一个要素是要把故事讲得精彩，是吗？

崔曼莉：我自己认为，叙事不是讲故事。叙事包括讲故事，但远超于讲故事。2003年，我正式开始文学创作时，自己在心里对好小说进行了三层界定：第一层，合适的语言讲合适的故事；第二层，接近自己；第三层，接近自由。我的小说，不论是《琉璃时代》《浮沉》，还是《求职游戏》《杀鸭记》《卡卡的信仰》《最爱》，很多人说不像是一个人写的。我理解为不同内容，需用不同形式加以呈现，它们都是我分别用合适的语言进行叙事的结果。

饶翔：你觉得什么是小说？

崔曼莉：对我来说，小说是虚构的人生，但又反映出最真切的人生。

小说是"无中生有"的艺术，我讲究叙事，不是说我不在意人文关怀，而是说，一个艺术家或文学家，对材料的运用，应该要达到一种"好"，而不是"熟练"。熟练是糟糕的，应是在熟练中的陌生，或说陌生中的熟练；游刃有余，而不是技术纯熟。艺术家或文学家坚持的训练与创作并不是为了技术，而是为了培养人与艺术、文学之间的一种关系。这种关系通过技能训练与艺术思考双向达成。艺术家或文学家通过自己与艺术或文学的关系不断加深，最后创作出作品加以呈现。

饶翔：你的意思是，艺术既有物质的层面，又有精神的层面。比如，怎么写好那个字，怎么写好故事，都是很物质的层面。而你是有一个更重要的精神层面和物质层面的东西在一起的。

崔曼莉：我打个比方。比如，把宝盖头略写大一点儿，这个字就写得漂亮。如果你听了这话便不假思索这样去写，就落到了技术化。宝盖头为什么应该变大而不是变小？中国美学观是什么？书法历史流变又是什么？你自己的天性又是什么？如果你的天性是非常精致的，你非要去写憨厚的字，这也是不可取的。最后一个宝盖头大小的选择，是一个多元化选择。下笔时最重要的，不是技术，而是一个人对艺术的整体理解，和一个人独特生命的呈现。

饶翔：它里面透着个人的生命，有个人的美学观、历史观。

崔曼莉：对。叙事好不是简单的技术层面的

事。拿书法比喻吧，写字一旦成为技术上的事，就会变得很"江湖"，流畅中会透露"流气"，没有美学，没有历史，没有自己生命律动的选择。

饶翔：俄国形式主义文论有一个说法，叫作文学的"陌生化"。人类生活有两种语言，一种是日常交流的语言，一种是文学语言。文学语言是一种陌生化的语言。而读者的阅读就是要克服这种陌生化的语言所造成的障碍。

崔曼莉：对我来说，我只是警惕，当我对材料运用得越熟练的时候，我越警惕当中的熟练。当别人越说好的时候，我自己越警惕这种好。

饶翔：你的每一次创作都是归零然后再创作的过程。

崔曼莉：所有的东西都要归零。

饶翔：你说过，每一种故事都要用一种不同语言，其实你每次在写小说时，都是一次新的开始。

崔曼莉：我把自己退出来，归零。每一篇小说对我都是全新的。或者，我对它来说，也是全新的。我与小说，我们从什么地方出发？必须从我们之间最朴素的那个结合点开始。这是一个基本条件。这个基本条件永远不能丢，如果我丢掉了，我的写作就不存在了。我肯定一个烂作家，哪怕我能把一个故事说得精彩。

饶翔：具体到《求职游戏》，你从语言到文字、到故事的内核都是全新的。

崔曼莉：每一部小说都是一次新尝试。文学家没什么可以倚仗的——唯一可以倚仗的，就是人与文学最朴素的关系与感情。

饶翔：如果只停留在把一个故事讲好，那就是《故事会》上的东西。

崔曼莉：讲故事的能力，不是一个功能，更不是一个程序化的功能。小说不能功能化。

饶翔：我的看法是，通过写字，运用笔墨，让大家去看你写的字。小说也是这样，通过故事的方式，让大家进入你小说的内核。

崔曼莉：不能把故事当成小说。小说肯定是以小说来加以呈现的。

饶翔：你的看法是，小说是以语言来呈现的？如果没有故事，小说以什么呈现给读者呢？

崔曼莉：小说就是小说。李清照说，有故事有情致，就叫小说。不能把小说变成故事，也不能把小说变成故事的载体。小说的内容不是故事，而是一种人生，一个人或人类的命运。对我来说，小说就是通过虚构人生之"境"，来求证人生之"境"。

饶翔：对你而言，叙事和讲故事之间的不同在哪里？

崔曼莉：叙事包括故事，但大于故事。叙事可以是一件具体的事，也可以是一种微妙的情感，甚至可以是一片宁静的风景。小说是人生之标本，是小说家通过语言所造之"境"。

饶翔：你对好小说的第三层界定是"接近自由"。你认为自由是文学或艺术的最高标准？

崔曼莉：对。但它不是我们日常生活里的自由。比如，《追忆似水年华》《百年孤独》《红楼梦》等都非常自由。

饶翔：你所讲的自由是创作主体的自由，在文字中游弋的自由？

崔曼莉：也不完全是。它包括两个方面：一个人对"人的问题"纯粹探讨的自由，和这种探讨的纯粹性。就小说艺术而言，我还有很长的路要走。我目前可能在创作上解决了一些具体的问题，但是今后我会遇到更具体也更抽象的问题。小说家是随着时间流逝和作品积累，不断成熟的。这是我对自己的理解。

何以选择小说创作道路

饶翔：你前面说，小说是对人生的虚构，但恰恰反映最真切的人生。在《求职游戏》中，你试图反映的是怎样的人生？

崔曼莉：《求职游戏》其实就写了一件事情：平庸时代里的平庸生活。

张凯、苹果、邓朝辉都觉得平庸是不可忍受的。这是"人的问题"。但是对张凯和苹果来说，他们连这么无聊的人生都搞不定，还在无聊的人生中，受尽无聊的痛苦，不仅毫无诗意与美感，甚至连人最基本的情感都所剩无几。但是现在，很多人都这样活着：脆弱、自私、冷漠、乏味，既对自己没有信心也丧失了对社会的责任感。而且，他们对生活的评价已经完全被社会裹挟：钱、权力，物质的占有量成为一切标准。所以小说最后一句话，其实是反讽张凯：幸福的生活如此具体、不可复制。

邓朝辉作为另一种人。他不仅玩转了生活，而且在这当中，他尽量保持了人的"人的问题"：温饱需要、诗意、美感与情感的充沛、欲望中的种种不堪——这才是难能可贵的，也是任何时代里的生命个体都应最珍视的属于自己的"内容"。不能被任何时代与历史条件夺走。至于自信与责任感，邓朝辉已经自信到指点张凯"求职游戏"，并且通过他冷眼旁观张凯，体现出他内心其实对社会的一种责任焦虑。

饶翔：张凯与苹果固然是很平庸的人，但是不是也存在这个以金钱为标准的时代对普通人的围困？

崔曼莉：确实是这样，这个时代对人们造成了一种围困，但是，任何时代都是有围困的。我觉得，人可以过得普通，但普通不是平庸。比如朝九晚五，有一份工作，有一个爱人或没有爱人……这些都很好，只要能保持一个人的"人的问题"，即使最普通的人生也是充满诗意与意味深长的。

饶翔：张凯的平庸能不能解读为一个时代的平庸？"张凯"在这个时代似乎特别多。

崔曼莉：邓朝辉教给了张凯生存的基本技能，但他也明白张凯的不可救药。邓朝辉看张凯看得很准，"你不用感谢我。你以后也不会跟我联系。"张凯是极端自私的，同时也是极端无能的。无聊的人过着无聊的人生。我觉得，人人心里都住着一个张凯，包括我自己。张凯的某些特性，其实是每个人的心里都存在的。只是这个时代可能强化了这种特性，又或者因为张凯是个小说人物，所以显得特别的具体。

饶翔：这就是这部小说让我们去反省的地方吗？

崔曼莉：我没有让读者去反省什么，也没有这个资格。"人人心里都住着一个张凯"是我的一个理解。

饶翔：的确！我读这部小说，有让我不舒服的地方，恰恰是那些让我不舒服的地方让我感到有被击中的感觉。如你所说，每个人都有张凯的影子。如果说小说家应有担当、有社会责任的话，你作为小说家，你的承担、你的责任感是什么？

崔曼莉：通过小说，我和大家一起，不仅面对与探讨"人的问题"这个老问题，同时也面对与探讨我们今天在老问题上犯的新错误。文学本质是一种"反复重复"。我作为一个小说家，和以往的小说家一样，通过虚构的人生不断地提出、解释、探索这些老问题，展现老问题在新时代里的新情况。比如我的作品《浮沉》说到国企改制、外企在中国；《琉璃时代》说到民国头二十几年的发展；《杀鸭记》写一个人和整个社会的绝交；《求职游戏》说到求职。它们本质上还是那一个问题：人的问题。不仅这个时代人人心里住着一个张凯，也许上一个时代或下一个时代，人人心里还会有一个张凯。我的心里肯定也有，我也会警惕自己。我的很多小说，比如《房间》《杀鸭记》，包括《求职游戏》《浮沉》，大家都有看得不舒服的地方，不舒服的地方恰恰是我想和大家一起面对与探讨的。

饶翔： 我们看一个故事是为了找乐子或者刺激，如鬼故事、恐怖故事，是逃避现实或发泄的渠道。而真正的小说，是要让你不舒服，让你直面人生，直面人所有的问题。

· 21 ·

崔曼莉： 这就是小说。它不断地让你回到那个问题上。从这个意义上说，小说家都该枪毙，因为他总是提及这个伤疤。但小说不是批判，它只是不断地告诉你这个问题的存在，不停地追问那个追问。如果有个人，天天问你"你是谁"，你烦不烦呢？你肯定烦死了。而小说家就是这个人，我的天哪！

饶翔： 小说如此让人不愉悦。那谁读小说呢？

读者为什么要读呢？

崔曼莉：因为每个人的内心都想面对这个问题，探索这个问题的答案。所有人都希望从别人的人生中找到自己的答案。这是人的共性。

饶翔：你设想的是每个人都有探讨自我的愿望，小说则给了这个愿望一个途径。

崔曼莉：小说不是宗教。宗教可以直接给出答案。文学则不断地告诉我们，我是一个人，有对美的追求，有诗意与梦想，同时也有人性种种不堪之处。

饶翔：你写小说是用虚构来呈现真实吗？

崔曼莉：虚构出的肯定是假的，不是真的。这是一个"境"。这个境是真还是假？不能用真假来说它，一说真假就误了。所谓身临其境，那个境是真还是假？我的目的是呈现一个境，无中生有，而读者在那个无中生有的"境"中得到什么不是我的事情。他可以看个故事，也可以深入思索，这都不是我的事。我没有求真，也没有求假，我在求那个"妙"——妙就妙在真假之间、无中生有那个"境"的巨大与丰富。

饶翔：所以你的写作不是宣泄，也不是自我表达。

崔曼莉：我从小受到严格的艺术训练，训练到我很痛恨这件事情。所以大学一毕业我就去实际的生活，觉得这才是幸福人生。终于有一天，我在生活中明白了，艺术创作根本不可能离开我的生活。如果我不去创作，我的生命就失去了价值。我从少年时代起就想逃避的事情，其实已经成为了我。我就像一个在寺庙中长大的尼姑，跑到红尘中生活了几年，然后突然明白了，我就是个出家人，出家人就是我。所以2002年开始创作的时候，我从艺术训练中得出的文学观，已经有一个成熟的基础。我经历了出家生活、逃避出家生活、回归出家生活的三个阶段。这和一个人在红尘中经历了磨难选择出家是两回事。

饶翔：你在《山中日记》里写到的那个人对山上的寺庙有一种莫名的亲近感，觉得自己本来就是属于这里的。这就是一种缘分和宿命。

崔曼莉：《山中日记》里写到我的一个理想：生于深山中的寺庙，不知山外事，也不想知山外事，春去秋来，自然老死。但我已经去了山外，又回到了山里，山里与山外，已经不能完全隔绝，或者，这个隔绝是一个自觉，而非天然之境。所以，它更加考验我，而不是一种生来的福气。从2002年我开始写作时，就选择了回归。只不过我没有选择书画，而是选择了写作。这是一个相当自觉的选择。而且我的文学观的形成，有一部分也借鉴了书法与绘画。

饶翔：作家和文学之间最基本的东西指什么？

崔曼莉：基本的东西就是"人的问题"。比如火烧一下，谁都会疼，这就是"人人平等"。人不吃饭，会饿；不睡觉，会疯；失恋了，会痛苦。一个人，时间与生命都是有限的，怎么办？这些都是人与文学之间最基本的东西，也是人人平等的。

饶翔：你说的"人的问题"是不是一种永恒的人性？文学是要探讨永恒的人性吗？

崔曼莉：大概是吧。

图书在版编目（CIP）数据

求职游戏 / 崔曼莉著. —重庆：重庆出版社，2013.11
（世相书）
ISBN 978-7-229-07078-6

Ⅰ.①求… Ⅱ.①崔… Ⅲ.①中篇小说—中国—当代
Ⅳ.①I247.5

中国版本图书馆CIP数据核字（2013）第234337号

求职游戏
QIUZHIYOUXI

崔曼莉　著

出 版 人：罗小卫
策　　划：人　华章同人
出版监制：陈建军
主　　编：施战军
责任编辑：张好好　黄卫平
特约编辑：袁　强
责任印制：杨　宁
营销编辑：高　帆　刘　菲
插　　画：刘明杰
封面设计：主语设计
版式设计：颜森设计

重庆出版集团
重庆出版社 出版
（重庆长江二路205号）
北京联兴盛业印刷股份有限公司　印刷
重庆出版集团图书发行公司　发行
邮购电话：010-85869375/76/77转810
投稿邮箱：bjhztr@vip.163.com
重庆出版社天猫旗舰店
cqcbs.tmall.com
全国新华书店经销

开本：850mm×1168mm　1/32　印张：5.75　字数：72千
2013年11月第1版　2013年11月第1次印刷
定价：29.80元

如有印装质量问题，请致电023-68706683